런던라사 삐에르의 세련된 옷차림

런던라사삐에르의
세련된 옷차림

박혜지 장편소설

고두미

차례

빨간 달	___ 7
아무 일도 일어나지 않는 평온한 날들이 흘렀다	___ 25
런던라사 뻬에르	___ 26
판근은 디자이너가 되기로 마음먹었다	___ 45
만나러 갑니다	___ 46
도둑	___ 73
전화위복	___ 94
복순이 누나	___ 110
소원을 들어줘	___ 138
소문, 시작도 끝도 없는	___ 164

복사꽃 사랑	178
어느 날 판근은 복순이 누나가 나오는 꿈을 꾸었다	193
판근, 삐에르에게 실망하다	194
그해 바캉스에서 무슨 일이 벌어졌나?	206
판근 디자이너가 되지 않기로 마음먹었다	226
런던라사 삐에르의 세련된 옷차림	227
아무것도 해결하지 못했는데 방학이 끝났다	238
할머니, 쟤 좀 이상해요	239
다시, 빨간 달	250
새로운 시작	258

빨간 달

 음력 열엿새의 달이 떴다. 초저녁, 동쪽 산등성이에서 떠오른 달은 한쪽 귀퉁이에 이가 나간 판근이네 두레밥상처럼 크고 붉었는데, 달이 그런 크기와 색깔로 뜨기는 판근이 태어난 후 처음이었다. 그것은 내일 동쪽 하늘에서 떠올라 서쪽 하늘로 질 때의 태양과 흡사한 모양새여서 이제 막 선잠에서 깬 판근은 그것이 해인지 달인지 구분할 수 없었다. 그래서 판근은 불과 서너 시간 전에 마루 끝에 집어던졌던 책가방을 그대로 다시 메고 울면서 등굣길에 올랐다. 판근이 다 늦은 저녁에 책가방을 메고 울면서 고개를 넘는 것을 이상하게 여긴 황 영감이 몰고 오던 황소 수레를 멈추고 어디 가냐고 묻지 않았다면 판근은 십 리가 조금 못 되는 길을 두려움에 떨면서 내처 걸었을 것이다.
 "이놈아, 다 저녁때 어딜 그렇게 싸돌아다니는 게냐? 어서 집으로 가거라. 어서 집으로 가."

황 영감의 핀잔을 들은 판근이 어리벙벙한 채로 집으로 돌아와 밥상에 둘러앉은 가족들을 보고 다시 한번 울음을 터뜨리자 그들은 배를 잡고 깔깔깔 웃었다. 깔깔깔 웃는 가족들을 보자 두려운 마음은 다 어디로 가고 갑자기 억울하고 서럽고 고독해져서 판근은 있는 힘을 다해 지구가 떠나가라 크게 울었는데, 판근의 울음소리가 높아질수록 가족들의 웃음소리도 덩달아 높아졌다. 또한 가족들의 웃음소리가 높아질수록 판근의 울음소리도 더욱 높아져 급기야는 판근이네 식구들의 웃음과 울음소리가 천지를 진동시킬 지경에 이르렀다.

"이놈아, 낮잠을 또 그렇게 오래 잘 테냐?"

배꼽을 잡고 웃다가 결국에는 흐느끼고 만 할머니가 여전히 흐느낌을 멈추지 못한 채 판근을 나무라자 판근은 울음을 그치고 하늘을 올려다보았다. 크고 붉은 자태를 빛내며 산등성이에 걸려 있던 둥근 것은 암탉이 낳은 달걀처럼 온전한 모양새로 산등성이 위에 한 뼘 남짓 솟아올랐고, 하늘은 짙은 청남색으로 변해 있었다. 시간이 흐를수록 푸른 빛으로 밝아져야 할 하늘이 남빛으로 어두워지고 있었던 것이다. 선잠 깬 판근의 마음을 덜컥이게 했던 저 크고 붉고 둥근 것이 해가 아니라 달이었다는 것을 깨달은 판근은 그제서야 자신이 학교에서 돌아오자마자 마루 끝에 책가방을 집어던지고 잠을 잔 것이 어제가 아니라 오늘이었으며, 아직 내일이 되지 않았으므로 지각도 하지 않은 것이고 숙제를 안 했다고 맞을 일도 없다는 것을 체계적으로 생각해볼 수 있었다. 판근은 안심했다. 안심하자 배가 고팠다. 그래서 판근은 가족들이 둘러앉은 밥상머리로 비집고 들어가 밥을 먹기 시작했다. 판근이 막 두 숟가락째의 밥을 입에 넣고 있을 때, 판근의 아버지가 자신이 먹던 숟가락으로 판근의 이마를 딱 때리며 말했다.

"낮잠을 오래 자면 도깨비한테 홀린다. 그래서 빨간 달이 뜨는 것이다. 빨간 달이 떠오르면 재수가 없어진다. 그러니 앞으로는 낮잠을 조금만 자도록 해라. 안 자면 더 좋고. 알았느냐?"

판근은 이마가 너무 아파 또다시 울었는데, 이를 본 할머니가

"아범, 애한테 너무 겁주지 말어. 밤에 오줌 싸."

라고 말해서 더 많이 울게 되었다. 판근이 계속 울면서 밥을 먹자 이번에는 엄마가 엄중히 경고했다.

"뚝 그쳐. 안 그치면 다신 밥 못 먹을 줄 알아."

이에 판근은 시간이 흘러 '억장이 무너진다'는 말과 '눈물 젖은 빵을 먹어보지 않은 자는 인생을 논하지 말라'는 말을 배우게 되었을 때 그 말의 뜻을 정확히 이해할 수 있었다. 그리고 얼마 지나지 않아 빨간 달이 떠오르면 재수가 없어진다는 말 또한 이해할 수 있게 되었다.

다음 날, 학교에서 돌아온 판근은 동네의 분위기가 어쩐지 이상하다고 생각했다. 볼 때마다 허리 숙여 인사를 해야만 '고놈 참 잘 배웠다'고 인정해주던 백 선생도 허리를 꺾어 땅에 닿을 정도로 머리를 조아리는 판근을 본체만체했다. 그러고는 이가 다 빠져 합죽이가 된 입술을 벌려 이렇게 말하는 것이었다.

"쯧쯧, 말세야, 말세. 빨간 달이 뜨더니 기어이 이런 사달이 벌어지는구만."

판근은 가슴이 덜컥 내려앉았다. 무슨 사달이 벌어졌는지 알 수는 없지만 그 사달이 어제 떠오른 빨간 달 때문이라는 것인데, 빨간 달은 판근이 오래도록 낮잠을 잔 탓에 떠오른 것이므로 그 사달의 원인은 결국 판근 자신이라는 생각이 전광석화같이 판근의 머리를 스쳐 지나갔다. 그러자 자신이 아주 큰 잘못을 저질렀고, 그로 인해 세상이 망하게 될지도 모르며, 다행히 세상이 망하지 않더라도 자신은 마을 사람들의 미움을 받게 되어 더이상 이 동네에 발붙이고 살 수 없게 될지도 모른다는 두려움이 엄습했다. 그러면 집도 가족도 친구도 모두 잃고 홀로 떠도는 신세가 될 터인데 이제부터 어떻게 살아가야 하나 몹시 걱정스러워졌다. 그리하여 판근은 큰 소리로 울음을 터뜨리고 말았는데, 우는 동안 걱정은 눈덩이처럼 부풀어 도무지 사라질 기미가 보이지 않았다.

"어허, 이놈이 왜 갑자기 울고 난리인 게야? 뉘 집에 초상이라도 난 게냐? 아이고, 초상이 나긴 났지. 이놈아, 그러잖아도 속 시끄러우니 여기서 울지 말고 네 집에나 가서 울어라."

백 선생은 우는 판근의 이마에 딱밤을 한 대 크게 먹이고는 급한 볼일을 잊었다는 듯 어디론가 총총히 발걸음을 옮겼다.

판근은 울면서 집에 왔다. 그런데 집에 아무도 없었다. 걱정과 두려움에 사로잡힌 마음이 절망으로 고동쳤다.

'아아, 결국 가족들마저 모두 쫓겨나고 말았구나.'

이에 판근은 어깨에 멘 가방을 내려놓지도 못하고 땅바닥에 주저앉아 통곡하기 시작했다. 낮잠 한번 잘못 잔 것이 이렇게 큰 파장을 불러일으키다니, 판근은 기가 막혔다. '비록 세상이 망하진 않았을지라도 이 김판근의 세상은 무너졌다, 고로 모든 게 끝났다'고 판근은 생각했다. 하여 판근은 울다 지쳐 죽어버리기로 했다. 하늘이 낮잠 한번 잘못 잔 사소한 죄로 죽어버린 자신을 가엾게 여겨 종달새로 다시 태어나게 해준다면 정말 다행한 일이겠다고 생각하던 판근은 울다 지쳐 죽었다가 다시 태어난 새가 종달새가 아니었다는 데 생각이 미쳤다. 그러자 그 새가 어떤 새였는지가 무척 궁금해졌다. 그래서 판근은 울음을 그치고 그 새가 어떤 새였는지 생각하기 시작했다. 생각하면 생각할수록 떠오를 듯 떠오를 듯 떠오르지 않았다. 판근은 너무 갑갑했다. '이럴 때 할머니가 있었다면 금방 알 수 있을 텐데'라고 생각하던 판근은 다시 집에 아무도 없다는 것을 깨달았고, 그것은 모두 자신이 낮잠 한번 잘못 잔 탓이며, 자신의 잘못으로 가족이 동네에서 쫓겨나게 됐으니 자신은 죽어 마땅하지만, 낮잠 한번 잘못 잔 탓으로 이토록 가혹한 운명을 맞은 것은 아무래도 너무한 것 같아서 다시 울음이 터져 나왔다.

"야, 왜 우냐?"

남들 다 8살에 학교에 갈 때, 혼자만 9살에 학교에 가게 되어 졸지에 후배가 되어버린 건넛집 영득이가 판근의 어깨에 손을 올리며 걱정스럽다는 듯 들여다보았다. 우느라 누가 오는지도 몰랐던 판근은 깜짝 놀라 비명을 지르고 말았다.

"아 깜짝이야. 간 떨어질 뻔했잖아, 새꺄."

영득은 판근의 비명소리에 놀라 판근의 어깨에 올렸던 손을 재빨리 거두어버린 것이 무안했는지 볼멘소리로 투덜댔다. 그러고는 곧 판근에게 바짝 다가앉으며 중요한 비밀이라도 전하듯 판근의 귓가에 양손을 모으고 소곤거렸다.

"방죽에 사람이 빠져 죽었대. 꼬부랑 할아버지라는데, 건져보니 글쎄, 빨간 빤쓰를 입고 있더래. 지금 우리 동네 사람들 다 거기에 있어. 우리도 구경 가자."

"그럼 우리 식구들도?"

"아마도 그렇겠지. 동네 사람들 전부 거기에 있다니까."

"그런데 너는 그걸 어떻게 알았어?"

"우리 엄마는 지금 막 집에 왔거든. 귀신 붙을까 봐 무서워서 빨리 왔대. 나한테도 귀신 붙는다고 가지 말랬는데, 몰래 나왔어."

"정말 빨간 빤쓰를 입고 있대?"

"그렇다니까. 아주 아주 새빨간 빤쓰래."

"그래? 그럼 가보자."

판근은 말이 떨어지기 무섭게 그때까지도 메고 있던 가방을 내려놓을 생각도 하지 못한 채 영득을 따라 방죽으로 내달렸다.

과연 방죽에는 온 동네 사람이 다 나온 듯 많은 사람들이 모여 있었다. 사람들이 보이기 시작하자 판근은 갑자기 무서운 생각이 들었다. 그래서 걸음을 멈추고 앞서 뛰어가는 영득을 불러 세웠다.

"저기, 내가 무서워서 그러는 건 아냐, 절대로. 그런데, 너무 가까이 가지는 말자. 정말 귀신이 붙을지도 모르니까."

"야, 세상에 귀신이 어디 있냐? 너 무서워서 그러지?"

"아냐. 절대로, 절대로, 절대로. 그리고 귀신은 있어. 내가 봤어."

"맹세해?"

"맹세해."

"누구한테?"

"하느님한테."

"하느님 말고 또 누구한테 맹세하는데?"

"나한테."

"너 말고 너네 엄마, 아빠, 할머니한테 맹세할 수 있어?"

"그래, 우리 엄마, 아빠, 할머니한테 맹세해."

"그래도 조금만 더 가보자. 여기선 아무것도 안 보여."

"그럼 빨간 빤쓰 보일 때까지만 가자."

"그래."

이리하여 판근과 영득은 노인이 입고 죽은 빨간 팬티가 보일 때까지 조금씩 조금씩 사람들 가까이 다가가다가 급기야는 사람들 사이를 비집고 머리를 들이밀게 되었다.

아아, 판근은 보았다. 웃고 있는 귀신의 입속같이 불타는 빨간 색을. 판근은 심장이 쿵 내려앉는 것 같았다. 그래서 판근은 사람들 사이로 들이밀었던 머리를 급히 빼냈다. 영득도 그것을 보았는지 머리를 급히 빼내다가 판근과 눈이 마주쳤다.

"봤어?"

"응, 봤어."

판근의 등줄기로 소름이 쫙 끼쳤다.

"이놈들! 여기 있으면 안 된다. 어서 가. 여기 있으면 귀신 붙는다. 특히 애들한테 잘 붙는다."

만년 이장 정씨 아저씨가 언제 왔는지 눈을 부라리며 판근과 영득에게 겁을 주었다. 그러고는 판근과 영득의 등을 밀어 현장에서 쫓아냈다. 그러잖아도 판근은 그곳에 더 있고 싶은 생각이 없었다. 둘러선 사람들로부터 고개를 빼냈어도 자꾸만 빨간 팬티가 눈앞에 어른거렸다. 그것은 매우 기분 나쁜 색깔이었다. 판근은 어려운 시험을 막 끝낸 것처럼 힘이 다 빠졌다.

"그런데, 그 할아버지는 왜 빨간 빤쓰를 입고 죽었을까?"

말없이 걷고 있던 영득이 갑자기 물었다.

"글쎄."

판근과 영득은 다시 말이 없어졌다. 둘은 붉게 번지는 노을을 등에 지고 터벅터벅 걸으며 그것이 무슨 심오한 철학적 질문이나 되는 듯 노인이 입고 죽은 빨간 팬티에 대해 오래오래 곱씹었다.

"빨간 빤쓰?"

판근이 할머니에게 노인이 입고 죽은 빨간 팬티에 대해 묻자 할머니는 웬 뜬금없는 소리를 지껄이느냐는 듯 판근에게 되물었다.

"그래 할머니. 그런데 그 할아버지는 왜 빨간 빤쓰를 입고 죽은 걸까?"

"아이고, 남세스러워라. 그런 말은 도대체 어디서 지어

낸 거냐? 어린 애가 못하는 소리가 없네. 빨간 빤쓰를 입고 죽은 남정네라니, 참말로 망측하다."

"지어낸 거 아냐. 아까참에 내가 분명히 봤어. 영득이도 봤어."

"아가, 네가 뭘 잘못 봤구나. 그 노인네는 빨간 빤쓰 같은 건 안 입었다."

"입었대두. 내가 직접 봤다니까."

"아 글쎄 그런 건 안 입었대두 그러네."

"아냐, 입었어. 내가 봤어. 봤다니까, 분명히."

"아이고, 이를 어쩔거나. 귀한 내 새끼한테 귀신이 붙었고나. 얘, 에미야!"

할머니는 마치 큰일이나 난 것처럼 큰 소리로 엄마를 부르며 호들갑스럽게 밖으로 나갔는데, 판근은 그런 할머니의 행동이 난처한 자리를 피하려 일부러 꾸민 것으로 보였다. 판근은 할머니의 이런 행동을 보고 또 다른 고민 속으로 빠져들었는데, 그 고민은 질적으로 다른 고민은 아니었고, 다만 아까 했던 고민이 조금 확장되고 깊어진 것이라 보면 되었다.

'그 할아버지는 분명 빨간 빤쓰를 입고 있었다. 그런데 할머니는 그 할아버지가 빨간 빤쓰를 입고 죽은 것을 감추려

한다. 그렇다면 그 할아버지는 왜 빨간 빤쓰를 입고 죽은 것이며, 빨간 빤쓰를 입고 죽는다는 것은 과연 무엇을 의미하는가?'

판근은 고민에 고민을 거듭했다. 밥을 먹을 때도 고민했고, 똥을 눌 때도, 숙제를 할 때도, 그냥 가만히 있을 때도 고민했다. 심지어 일기에 그 일에 관해 두 쪽이나 써 놓고도 그것에 대해 고민하느라 잠을 이루지 못하였다. 노인의 빨간 빤쓰에는 분명 뭔가 풀기 힘든 중대한 비밀이 숨어 있을 것이다, 어른들만 알고 아이들은 절대로 알아서는 안 되는 비밀, 그것을 알아내기만 하면 상전桑田이 벽해碧海 되듯 우주적 질서가 일거에 바뀌게 될지도 모르는. 과연 그것은 무엇일까, 그것은 대체 무어란 말인가? 그날 밤, 전전반측하며 까만 밤을 하얗게 태우는 판근에게서는 명탐정 홈즈와도 같은 은근과 끈기가 엿보였으니, 이는 결국 판근의 태도로 굳어져 모든 일을 끝까지 물고 늘어져 끝을 보고야 마는 성격을 창출하였다.

늦게까지 잠을 이루지 못하다가 새벽에야 잠이 든 것인지, 판근은 엄마가 용가리 같이 뜨거운 콧김을 내뿜으며 엉덩이에 시뻘건 손바닥 자국을 남기고서야 가까스로 일어날 수 있었다. 엄마는 정신이 덜 든 판근이 느릿느릿 세수

하고, 옷 입고, 밥 먹고, 책가방을 메는 것을 팔짱을 끼고 지켜보았는데, 엄마의 눈빛에서 독사 같은 기운이 뿜어져 나와 판근의 뒤통수가 내내 서늘했다.

"그러니까 엄마가 텔레비전 그만 보고 자라고 했지. 내일부터는 절대 안 깨워줄 테니 각오 단단히 해."

결국 판근은 신발을 신을 때 엄마가 한 말 때문에 아침부터 눈물을 쏟고 말았다. 아아, 야속한 엄마여! 그대가 정녕 내 엄마란 말인가? 이 비슷한 생각이 들었기 때문이었다. 판근은 자신이 무슨 고민에 빠져 있는지는 고사하고 무엇 때문에 잠을 이루지 못했는지 짐작조차 하지 못하는 엄마를 과연 엄마라 불러도 되는지 의심스러워졌다. 더욱이 아들이 학교에 지각을 하건 말건 앞으로는 절대 신경 쓰지 않겠다는 엄마의 선언은 판근의 속을 더더욱 좁아지게 만들었다. 그래서 판근은 엄마의 얼굴은 쳐다보지도 않은 채 얼렁뚱땅 얼버무린 소리로 학교에 다녀오겠다고 말하고는 단호하게 뒤돌아섰다. 엄마가 진정으로 교양과 지성을 갖추었다면 자신의 행동이 무엇을 함의하고 있는지 금방 알아채고 후회할 것이라는 기대와 함께. 그래도 판근의 마음은 좀처럼 풀리지 않았다. 만일 고추밭에서 고추를 따다가 잠깐 일어나 아픈 허리를 조그만 주먹으로 탕탕 두드리고 있던 할머니가 울면서 등교하는 판근을 보고 허위허위 달려나와 몸뻬 속 요술주머니에서 동전을 꺼내주면서 '아이고 내 강아지, 눈에 넣어도 하나도 안 아픈 내 새끼가 아침부터 왜 우노?' 하고 위로해주지 않았다면 판근의 마음은 며칠이 지나도 녹아내리지 못했을 것이었다.

학교는 빨간 팬티를 입고 죽은 노인의 이야기로 들썩거렸다. 보나마나 입 싼 영득이가 퍼뜨렸겠지만, 그런 건 아무래도 좋았다. 중요한 건 노인이 빨간 팬티를 입고 죽었다는 사실이었다. 그리고 그 사실을 모두가 알게 되었다는 것이었다. 이것은 곧 어린이들끼리 머리를 맞대고 빨간 팬티의 의미와 그것이 주는 교훈을 탐구할 수 있는 장이 열렸다는 이야기고, 어린이들 스스로의 힘으로 빨간 팬티의 비밀을 풀 수 있다는 뜻이기도 하므로. 판근은 흥분하여 도무지 수업에 집중할 수가 없었다. 다른 아이들도 마찬가지였던 듯 수업이 끝나기만 하면 삼삼오오 머리를 맞대고 빨간 팬티 이야기를 하였다.

그러나 빨간 팬티의 비밀을 풀기는 힘든 일이었다. 어린이의 머리 모두를 맞대도 어른 머리 하나를 못 당하는 것인지, 이야기를 하면 할수록 점점 더 미궁으로 빠져드는 것 같았다. 판근의 할머니처럼 영득이의 엄마도 죽은 그 영감은 **빨간** 팬티는커녕 **빨간** 양말조차도 신지 않았고, 다만 **빨간** 것이 있었다면 영감의 낯짝에 붙은 주정뱅이처럼 **빨간** 코뿐이었는데 그 코가 아직까지 생각난다며 진저리를 치며 급히 자리를 떴다는 것으로 보아 어른들 중 비밀의 열쇠를 건네줄 사람은 아무도 없을 것이었다. 공교롭게도 아이들 중에서도 빨간 팬티를 목격한 사람은 판근과 영득뿐이었다. 따라서 판근과 영득을 중심으로 이 문제를 해결해야 했는데, 판근과 영득은 학년이 달랐기 때문에 만나기가 힘들었다. 쉬는 시간에 운동장에서 만나 잠시 이야기를 나눌라 치면 어느새 수업종이 울리고는 했다. 그래서 판근과 영득은 방과 후에 이 문제에 관심이 있는 몇몇 아이들과 함께 그네 앞 플라타너스 아래에서 만나기로 합의한 후 헤어졌다.

회장, 부회장, 반장, 부반장, 체육부장, 미화부장을 비롯하여 제법 똑똑하다는 아이들과 힘이 센 아이들이 모두 모였지만 괜찮은 의견은 나오지 않은 채 시간만 지리멸렬하게 흘렀다. 우선은 현장에서 **빨간** 팬티를 목격한 사람이 판근과 영득 둘뿐이라는 데 큰 문제가 있었다. 대부분의 아이들은 이 사실을 믿었지만, 몇몇 아이들은 의심했다. 직접 가서 현장을 본 아이들일수록 의심이 깊었다. 결국 판근이 이야기를 풀어가기 위한 해결책을 하나 내놓았다.

"이것은 분명한 사실이지만, 너희가 믿을 수 없다면 그렇다고 치자는 거야."

그렇다 치고, 이야기를 나누었다. 왜 그 할아버지는 빨간 팬티를 입고 죽었는가에 대해. 그리고 빨간 팬티를 입고 죽는다는 것은 무엇을 의미하는가에 대해.

답은 안 나오고, 해만 뉘엿뉘엿 저물었다. 낮 동안 눈부시게 불타오르던 위력을 잃고 힘없는 빨간 색으로 변한 해가 서쪽 산등성이에 곧 넘어갈 듯 넘어갈 듯 걸려 있었다. 판근은 멍하니 녹슨 동전 같은 해를 보고 있다가 무심결에 빨간색은 빤쓰나 해나 달이나 다 기분 나쁘다고 말했다. 깊은 통찰을 통한 위대한 발견이 다 그렇듯 판근의 아주 사소한 이 말은 오랜 고민을 해결할 하나의 씨앗, 견고하게 버틴 비밀의 문을 폭파할 한 줄의 도화선이 되었다.

결국, 판근의 말을 토대로 노인은 왜 빨간 팬티를 입고 죽었는가에 대한 하나의 가설이 세워졌는데, 그것은 그 당시 떠돌던 홍콩할매귀신 이야기와 너무나 비슷할 뿐만 아니라 똑같이 황당하였으나 왠지 이야기를 하면 할수록 깊이 빠져들게 하는 매력이 있었다.

이야기가 이야기를 낳고, 그 이야기가 또 다른 이야기를 낳는 이야기의 연쇄 속에서 외뿔의 도깨비가 삽바를 쥐고 용을 쓰는 와중에 황금박쥐가 거대한 날개를 펼쳐 하늘을 덮었으며 산발한 처녀귀신이 잃어버린 다리를 찾아 사방을 헤매고 다녔다. 그러더니 급기야 그네 앞 플라타너스 그늘로 세상의 온갖 귀신들이 다 모여들었다. 빨간 팬티를 입고 죽은 노인도 결국에는 귀신이 되어 귀신들의 무리에 섞여들었을 것인즉, 이쯤 되면 이들의 이야기가 완전히 황당하기만 한 것은 아니라고 볼 수도 있었다.

이야기가 무르익어 이제는 마징가 제트와 로보트 태권브이 중 누가 더 세냐에 이르렀을 때였다. 조회대에 매달린 스피커에서 삑삑 듣기 싫은 소리가 나더니 애국가가 장중하게 울려 퍼지기 시작했다. 이에 아이들은 누가 먼저랄 것도 없이 신속하게 일어서서 일사불란하게 국기게양대를 향했다. 동해물과 백두산이 마르고 닳아갈 때, 가슴 위에 엄숙하게 올린 단풍잎 같은 손바닥 아래에서 아이들의 심장이 힘차게 펄떡였다. 하늘 높이 아름답게 펄럭이던 태극기가 느릿느릿 하강하는 동안 애국의 붉은 맹세가 무궁화 삼천리를 화려하게 물들였다. 이윽고 대한 사람 대한으로 길이 보전하겠다는 굳은 결의에 이르렀을 때, 귀신들은 어느새 제 꼬리를 사려 물고 왔던 흔적도 없이 사라져버렸다. 애국

가의 긴 여운 속에서 소사 연씨 아저씨가 하강을 마친 태극기를 이불을 개듯 착착 접어 옆구리에 끼고서는 가래침을 돋우어 운동장 쪽을 향해 탁 뱉었다. 그것이 '바로'라는 구령이기라도 한 듯, 아이들은 가슴에 올렸던 손을 내리고 비로소 부동의 자세에서 벗어났다.

"이제 집에 가자. 해 넘어갔잖아."

전교 어린이회장이 폐회를 선언하자 새나라의 어린이들은 주섬주섬 가방을 챙겨 메고 어스름한 저녁 운동장을 가로질러 사방으로 흩어졌다. 아이들이 돌아간 자리로 다시 귀신이 모여드는 듯, 플라타너스 아래로 서서히 어둠이 고이기 시작했다. 소란한 정적이 내려앉은 운동장 저 너머에서는 그날의 개밥바라기별이 단장을 마치고 얼굴을 내밀 준비를 하고 있었다.

아무 일도 일어나지 않는 평온한 날들이 흘렀다

판근도 이때만큼은 한 번도 울지 않았다.

런던라사 삐에르

읍내에 새로운 가게가 생겼다. '런던라사'라는 이름의 양복점이었다. '런던라사'는 역시 읍내에 있는 빵집 '장군베이커리'만큼이나 경이로운 이름이었다. 장군베이커리는 읍내에 단 두 개뿐인 빵집 중 한 곳의 이름이었는데, 30년 전통의 태극당과 경쟁하던 신라당이 전통의 경쟁에서 패배하자 좀 더 세련되고 그럴듯한 이름으로 간판을 바꿔 단 것이었다. 그러나 베이커리라는 낯선 낱말은 그 앞의 '장군'과도 어울리지 않았고, 베이커리에서 파는 곰보빵이나 꽈배기, 찹쌀도너츠와도 어울리지 않았다. '장군베이커리'의 '장군'에서 사람들은 신라의 김유신을 떠올리기보다는 나폴레옹이나 알렉산더, 한니발 같은 서양의 장군을 떠올렸는데, 그 때문에 신라당과 장군베이커리는 같은 가게가 아니라는 생각이 들었다. 따라서 신생의 장군베이커리가

30년 전통의 태극당과 똑같은 품목인 곰보빵, 꽈배기, 찹쌀 도너츠를 파는 것은 왠지 상도덕에 어긋나는 것처럼 보였으며, 그래서 사람들은 그 전보다 태극당을 더 많이 이용하게 되었다. 장군베이커리의 주인은 처음엔 분노하고, 그다음엔 절망하고, 그런 다음에야 사실을 있는 그대로 받아들였는데, 이는 시한부 환자가 자신의 병을 받아들이는 과정과 꼭 같았다. 결국 장군베이커리의 주인은 자신의 다 쓰러져가는 점포를 위하여 서울에 있는 제빵학원에 등록하여 크로와상, 샌드위치, 바게트 같은 서양의 장군들이 먹었음직한 빵들을 만드는 방법을 배워오게 되었는데, 새로운 빵들에 대한 반응은 기대보다 신통치 않았지만 그래도 다 쓰러져가는 점포에 새 생명을 불어넣을 정도는 되었다. 그리하여 읍내는 30년 전통의 기름 냄새와 신생의 버터 냄새가 어우러져 장 보는 사람들의 회를 동하게 만드는 냄새로 가득 차게 되었던 것이다.

런던라사는 30년 전통의 태극당과 신생의 장군베이커리 사이에 위치하였는데, 원래의 가게는 '희망세탁소'였다. 희망세탁소가 어떤 연유로 문을 닫게 되었는지 정확한 사정은 알 수 없지만, 항간에 떠도는 소문으로는 얼마 전 야심한 밤에 세탁소 주인이 홀로 방죽에 빠져 죽었다는 것이었다. 그날 떠오른 크고 붉은 달을 따라 홀린 듯 찾아간 곳이 어느 마을에 위치한 방죽이었는데, 술주정뱅이 이태백이처럼 방죽에 비친 달을 보고 방죽으로 뛰어들었다고 했다. 그때 영감이 술에 취했었는지 어쨌는지는 잘 모르겠으나 항간에 떠도는 또 다른 소문에 의하면 건져낸 시신이 빨간 팬티를 착용하고 있어서 현장에 있던 사람들 모두 남사스러운 느낌에 빠져들었다고 했다. 그렇게 주인을 잃은 희망세탁소는 몇 주 동안 갖가지 세탁물과 함께 방치되어 있었는데, 그 이유는 희망세탁소 주인이 천애 고아인 데다 결혼을 하지 않은 노총각이었기 때문이라고 했다. 그러던 어느 날 한 남자가 나타나 세탁물을 주인들에게 돌려주고, 비품들을 걷어내고, 알루미늄 새시 문 대신 커다란 유리창을 끼우고, '런던라사'라는 간판을 걺으로써 런던라사가 탄생했는데, 그의 이름이 삐에르이고 서른 초반쯤의 아주 잘생긴 남자라는 사실만 알 수 있을 뿐 그가 어디서 무얼 하다 왔는지, 희망세탁소 주인과는 어떤 관계인지, 관계가 있다면 왜 이제야 나타났는지 등등 그 남자에 관해 정작 중요하게 여겨지는 많은 사실들에 대해서는 아무것도 알 수 없다고 했다.

어쨌거나 '런던'도 '라사'도 낯설기만 하여 귀신 씻나락 까먹는 소리로만 들리는데, 그 주인이라는 자의 이름마저 **삐에르**라니 요지경도 이런 요지경이 없다고 수군거리는 사람들은 아예 개의치 않는다는 듯이 런던라사는 위풍도 당당하게 읍내 한복판에서 개업식이라는 것을 열고 몰려든 장꾼들 누구에게나 떡과 막걸리를 무한으로 제공하는 넉넉한 인심을 보여주었다.

판근이 **삐에르**를 처음 만난 것은 서울 사는 친척 결혼식에 입고 갈 아버지의 양복을 빌리려고 엄마와 함께 런던라사를 방문했을 때였다. 엄마와 '함께'라고는 했지만, 런던라사를 방문하기까지 판근과 엄마의 관계는 그리 화기애애하지 못하였다. 화기애애가 다 뭔가? 판근이 엄마를 따라 런던라사에 발을 들이기까지의 과정은 그야말로 치열한 전투를 방불케 했는데, 엄마의 동반자로서의 자격을 획득하기까지 판근이 흘린 땀과 눈물, 판근이 느낀 우울과 분노, 판근이 겪은 불안과 소외감은 이루 말로 다 표현할 수 없을 정도였다.

그날은 일 년에 딱 한 번밖에 없는 개교기념일이었다. 담임 선생님은 누구에게나 생일이 일 년에 딱 한 번뿐인 것처럼 개교기념일도 일 년에 딱 한 번뿐이어서 의미가 있다고 했다. 그러나 판근은 방바닥을 뒹굴면서 하품이나 하는 것으로 오전을 다 보내고 있으면서도 개교기념일이 일 년에 딱 한 번뿐인 것이 아쉽기만 했다. 판근은 하품 끝에 흘러내린 눈물을 닦을 생각도 하지 않고 생각했다.

'개교기념일이 일 년에 서너 번 정도 된다면 개교기념일의 의미와 배움의 중요성과 학교의 고마움에 대해 뼈에 사무칠 정도로 되새기고 또 되새길 수 있을 텐데, 안타깝게도 단 한 번뿐이구나. 시간은 쏜 화살처럼 빠르게 지나가고, 따라서 일 년에 한 번뿐인 개교기념일도 엄청난 속도로 지나가고 마니 개교기념일의 의미 같은 건 떠올릴 짬이 없구나. 오늘 잠깐 쉬고 내일도 모레도 글피도 하고 또 하는 공부. 배움의 중요성을 굳이 떠올리지 않아도 배움은 이미 저 홀로 중요해지고, 학교의 고마움은 어느새 학교의 지겨움으로 변했도다. 그러니 어찌 개교기념일이 일 년에 한 번뿐임을 슬퍼하지 않으랴.'

이런 어처구니없는 생각 속에는 개교기념일이 학교의 생일이며, 그렇기 때문에 일 년에 딱 한 번뿐일 수밖에 없다는 통찰은 없었다. 담임 선생님의 말씀을 귀담아듣기만 했어도, 쯧.

어처구니가 있든 없든 이런 생각이나 하면서, 방바닥이

나 뒹굴면서, 하품이나 하면서, 때때로 눈물도 닦아내면서 그렇게 오전이 지나갔다. 울지 않고 무사히 점심도 먹었다. 점심을 먹고 밖으로 나가 동네 아이들과 놀았다. 여기까지는 제법 평화로울 수도 있었던 개교기념일, 꿀 같은 휴일이었다.

이러한 평화를 깨뜨리고 판근으로 하여금 폭풍 같은 눈물의 한나절을 불러일으킨 것은 멀리서 봐도 읍내에 나가는 차림새를 한 엄마였다. 한 벌뿐인 '좋은 옷'을 입고 뾰족구두를 신은 엄마의 모양새는 판근에게 급격한 불안감을 불러왔는데, 언젠가 한 번 엄마가 이런 차림새를 하고 집을 나가 오랫동안 들어오지 않은 선력이 있기 때문이었다. 그날의 일은 판근에게 깊은 마음의 상처를 남기고, 유년기의 우울과 작은 일에도 툭하면 울음을 터뜨리고 마는 마음 약한 성정을 만드는 직접적인 계기가 되었다.

전후 사정이야 판근이 알 바가 아니었다. 어쨌거나 엄마는 보따리를 쌌다. 자식을 버리고 집을 나가는 마당에 어떻게 그런 정신이 발휘될 수 있었는지, 엄마는 화사하게 화장을 했고 좋은 옷과 뾰족구두로 한껏 멋을 냈다. 그리고 집을 나서기 전, 어린 판근의 손을 꼭 잡고 말했다.

"엄마는 더이상 여기서 살 수가 없구나. 네 아버지도 싫고, 네 할머니도 싫고, 이 집구석도 지긋지긋하다. 그래서 나는 떠난다. 따라오지 마라."

그러고는 신발장에 넣어둔 양산을 꺼내어 뽀얗게 쌓인 먼지를 빗자루로 털어냈다. 그러나 너무나 오랫동안 신발장에 처박아둔 터라 먼지는 잘 털어지지 않았다. 엄마는 별로 소용없는 손짓을 몇 번 더 하다가 빗자루와 양산을 동시에 집어던지고는 신경질을 냈다.

"이놈의 집구석은 제대로 된 게 하나도 없어."

그러고는 마루 끝에 세워둔, 보기에도 무거워 보이는 큰 가방을 들고 뒤도 돌아보지 않고 집을 나섰다. 그때까지도 판근은 도대체 무슨 일이 벌어지고 있는 것인지 사태를 파악하지 못했다. 다만 잔뜩 화가 난 엄마의 서슬에 눌려 숨도 제대로 쉬지 못하고 엄마의 하는 양을 물끄러미 바라볼 따름이었다. 집을 빠져나간 엄마의 모습이 더이상 보이지 않게 되었을 때에야 판근은 지금 엄마가 무엇을 하려는지 벽력처럼 깨달았다. 판근은 내달렸다. 금방 숨이 턱에 찼으나 그런 것을 생각할 겨를이 없었다. 빨리 엄마를 붙잡아야 했다. 그리고 말해야 했다. 나도 데려가 달라고.

엄마는 멀리 논두렁길을 걸어가고 있었다. 판근은 땀을 뻘뻘 흘리며, 눈물을 펑펑 쏟으며 엄마를 뒤쫓았다. 그리고 애타게 불렀다. 보고 있어도 벌써부터 그리운 엄마를. 그러나 엄마는 뒤돌아보지 않았다. 판근은 달렸다. 반바지 밑으로 드러난 검은 종아리가 풀에 쓸려 매우 따가웠지만 그냥 달렸다. 좁은 논두렁길을 달리다가 넘어지기도 했지만 벌떡 일어섰다. 그렇게 한참을 달린 후, 마침내 엄마에게 닿을 수 있었다. 그제야 엄마는 걸음을 멈추고 판근을 돌아보았다. 그 눈길이 매서웠다.

"집에 가."

독을 내뿜는 독사의 입처럼, 엄마의 붉은 입술을 뚫고 나오는 그 말이 무서웠다. 그러나 판근은 두려움을 삼키고 용감하게 맞섰다.

"나도 갈래."

엄마는 잔뜩 세운 눈썹을 더욱 곤추세우고 싸늘하게 말했다.

"안 된다."

그러고는 휙 돌아서서 총총총 걷기 시작했다. 무거운 가방을 들고 어떻게 그렇게 빨리 걸을 수 있었는지 지금 생각하면 너무나 놀랍지만, 그때는 그런 것을 생각할 여유가 없었다. 판근은 다시 엄마의 뒤를 쫓으며 외쳐대기 시작했다.

"나도 데려가. 나도 데려가란 말야. 나도 갈 거야!"

엄마는 들은 척도 하지 않았다. 걸음을 멈추기는커녕 외려 뛰다시피 했다. 판근은 죽자사자 엄마를 쫓아 달렸다. 한참을 쫓고 쫓긴 후에 버스정류장에 도착했다. 동네 사람 몇이 서서 버스를 기다리고 있었다. 판근은 이제 되었다 싶었다. 버스정류장에 서 있는 동네 사람들이 가련한 판근과 한편이 되어줄 터였다. 판근은 더욱 가련해 보이도록 동네 사람들을 향해 더 큰소리로 애절하게 울어댔다.

"나도 갈래."

아아, 그러나 이를 어쩌랴! 동네 사람들이 한편이 되어줄 거라는 생각은 너무도 순진한 것이었다. 그들은 방관자였다. 아니, 방해자였다. 그들은 아주 재미있는 구경거리라도 생긴 듯 빙글빙글 웃었다. 그리고 저마다 한마디씩 판근을 놀려대는 말을 했다.

"아직도 엄마 젖 못 뗐냐? 왜 엄마를 졸졸 따라다니고 그러냐?"

"어린애가 장에 가면 문둥이가 잡아간다. 잡아가서는 간을 빼먹는데, 간지럼을 태워서 죽을 때까지 웃긴다. 특히 너 같은 울보는 더 많이 간지럽힌다."

"아이고, 눈물 콧물 범벅이 되어가지고 완전히 거지꼴이구나. 장마당 거지가 형님 오셨습니까, 하겠구나."

"이놈, 고추도 덜 여문 것이! 못써!"

도대체 무얼 못쓴다는 것인지 알 수 없었지만, 참말과 거짓말을 모두 합해 그들이 판근의 편이 아니라는 것만은 확실히 알 수 있었다. 절망감이 거대한 먹구름 몰려오듯 몰려왔다. 판근은 흐느꼈다. 그리고 엄마를 향해 간절하게 말했다.

"나도 데려가 줘."

엄마는 외눈 하나 깜빡하지 않고 흥 코웃음을 쳤다. 그러고는 어금니를 꽉 물고 나직하게 말했다.

"가라, 좋은 말로 할 때."

판근이 어기적거리자 엄마는 판근을 돌려세운 후 등을 힘차게 밀었다. 그 서슬에 판근은 앞으로 고꾸라지고 말았다. 먼지가 풀썩 일며 입으로 코로 마구 들어왔다. 턱 숨이 막혔다. 아무 생각도 나지 않는 찰나의 시간이 지나가자 무릎이 아픈 게 느껴졌다. 판근은 일어나 아픈 무릎을 살펴보았다. 양쪽 무릎이 깨져 피가 흐르고 있었다. 판근은 잠시 멀거니 피 흐르는 무릎을 들여다보다가 이윽고 크게 울음을 터뜨렸다. 그 와중에도 엄마는 발을 구르며 외쳐댔다.

"집에 가!"

판근은 서러웠다. 그러나 판근은 울음을 그쳤다. 그리고는 다리를 절뚝이며 집을 향해 걸었다. 그러나 아주 조금만이었다. 판근은 다만 전술을 바꾼 것뿐이었다. 집으로 가는 척하다가 버스가 오면 얼른 돌아가서 타려는 것이었다. 일단 버스에 오르면 엄마도 어찌지 못할 터였다. 판근은 엄마에게서 멀찍이 떨어져서 버스가 오는 쪽을 바라보았다. 버스는 올 생각을 안 했다. 깨진 무릎이 아팠지만 그것에 신경 쓸 때가 아니었다. 잠시라도 깨진 무릎을 내려다봤다가는 오는 버스를 놓칠지도 몰랐다. 판근은 두 눈을 부릅떴다.

이윽고 멀리서 버스가 오는 것이 보였다. 판근은 슬슬 정류장 쪽으로 이동했다. 그때였다. 돌멩이 하나가 날아와 판근의 발밑에 떨어졌다. 곧이어 엄마의 째지는 듯한 외침이 날아들었다.

"얼른 집에 안 가!"

판근은 걸음을 멈추고 발밑에 떨어진 돌멩이를 주워들었다. 그때는 어떤 생각이나 먹은 마음이 있었던 건 아니고 그저 버스가 도착할 때까지 시간을 벌자는 속셈이었으나, 버스가 판근을 버려진 짐짝처럼 남겨놓고 떠나버린 이후에는 그 돌멩이를 보면서 엄마에 대한 미움과 그리움을 키워갔다.

그렇다. 결국 판근은 버스에 타지 못했다. 판근은 버스가 정차하기를 착실히 기다렸다가 사람들을 다 태우고 막 출발하려는 때에 전속력으로 달려 버스 발판에 발을 올렸다. 그런데 기다렸다는 듯이 버스 문 앞에 서 있던 엄마가 판근을 무지막지하게 밀어내고는 운전기사에게 다급하게 소리쳤다.

"어서 출발해요!"

매정한 안내양이 잽싸게 버스에 올라 엉덩방아를 찧으며 넘어져 있는 판근의 눈앞에서 문을 닫았고, 야속한 버스는 뿌연 먼지를 내뿜으며 떠나갔다.

그때 홀로 남겨진 판근이 느꼈던 배신감과 서러움과 우울과 고독은 그 어떤 말로도 표현할 수 없었다. 판근은 엉덩방아를 찧은 자세 그대로 주저앉아 울었다. 소리는 나지 않고 눈물만 후두둑 떨어져 판근의 깨진 무릎을 적시고, 건조한 땅바닥을 적시고, 거짓과 음모로 가득한 세상을 적셨다. 판근은 아까 주워든 돌멩이를 쥔 손에 힘을 주었다.

'이 치욕을 내 끝내 잊지 않으리라!'

이런 결심은 하지 못했다. 당시의 판근은 그것이 치욕이라 생각할 만큼 그렇게 자라지 못했다. 그러나 손에 쥔 돌멩이를 버리지 않고 집으로 들고 와서 밤낮 바라볼 만큼은 자라 있었다. 그것은 엄마가 판근의 가슴에 쓰라린 상처를 남기고 떠나간 그 시점부터 다시 집으로 돌아와 아무 일도 없었다는 듯이 그전과 똑같은 엄마로 행세할 때까지 미움과 그리움의 표상이 되었다. 판근은 밤낮 그것을 손에 쥐고 들여다보고 또 들여다보았으나 엄마가 돌아온 후에는 언제 그랬냐는 듯이 내팽개치고 말았다. 그것은 마당에 굴러다니는 여타의 돌멩이들과 하등 다를 것이 없는 평범한 돌멩이였으므로 판근의 손을 떠난 순간 어느 누구의 어떤 관심도 끌지 못한 채 다른 돌멩이들과 함께 닳아갔거나 비에 쓸려갔거나 했을 터였다.

판근은 평화로운 개교기념일의 오후에 잔뜩 차려입고 나선 엄마를 보자 그때의 기억이 떠올라 두근거리는 마음을 주체할 수가 없었다. 그래서 울음이 터졌고, 울면서 엄마에게 달려갔고, 달려가면서 나도 데려가 달라고 외쳤다. 이후에는 그리 멀지 않은 과거와 비슷한 상황이 펼쳐졌지만, 판근은 기어이 버스에 타는 데 성공했다. 기어이라고는 했지만, 어느 시점부터는 엄마가 판근과 동행할 마음을 먹었던 듯 집에 가라는 말만을 몇 번 했을 뿐, 등을 떠밀거나 돌멩이를 던지거나 막 출발하려는 버스에서 밀어버리거나 하지는 않았다. 그럼에도 불구하고 울면서 달리는 동안 과거의 장면이 생생하게 떠올라 판근은 과거의 그 느낌과 감정에 고스란히 사로잡히지 않을 수 없었다.

그렇게 눈물과 한숨과 트라우마를 동반하여 이른 런던라사에서 판근은 그 이름도 생소한 삐에르를 만났던 것이었다.

"할머니, 삐에르는 드자이너야."
"그게 무슨 귀신 씻나락 까먹는 소리냐? 삐 뭐? 드 뭐?"
"삐에르는 읍내에 있는 런던라사 주인이고, 드자이너는 옷 만드는 사람을 말하는 거야. 드자이너 삐에르가 코오피도 줬는데, 냄새가 얼마나 좋은지 몰라."
"아가, 너는 도대체 알아먹을 수 없는 말만 하는구나. 양복을 빌리러 가서 남의 코피는 왜 받은 거냐? 삐 뭐라는 그 작자는 제 코피를 제 손으로 닦을 줄도 모른단 말이냐?"
"코피가 아니라 코오피야, 할머니. 코·오·피. 코오피는 먹는 거고."
"코피가 먹는 거라고?"
"응. 코오피는 거무스름한 물 같은 건데, 달콤하고 묘한 맛이 나."
"그거 먹으면 배부르냐?"
"아니 배는 안 불러. 코오피는 아주 조그만 그릇에 조금

씩만 먹는 거야."

"그런 걸 뭐하러 먹누?"

"그건 배부르라고 먹는 게 아니라 교양을 위해서 먹는 거야. 엄마가 삐에르한테 '이걸 마시니까 귀부인이 된 것 같아요.'라고 말하니까 삐에르가 그랬어. '이건 교양을 위한 음료니까요.'라고."

"네 엄마가 도시물 좀 먹었다고 아는 체를 한 모양이구나."

"그렇진 않아. 그런 생각은 나도 했는걸. 그걸 먹으면 정말 서양 귀족이 된 것 같아. 아니, 왕자가 된 것 같다구."

"그럼 삐 뭐라는 사람이 서양사람이냐? 어쩐지 이름이 조선사람 같진 않더라니."

"아냐. 삐에르는 우리나라 사람이야. 그냥 이름이 삐에르래. 옛날에 공부할 때 자기 선생님이 지어줘서 바꾼 거래."

"그럼 매국노겠구나. 창씨개명을 한 거 보면."

"아휴 참, 할머니는. 삐에르는 매국노가 아니라 드자이너라니까. 옷 만드는 드자이너."

언제부터인가 판근의 마을에 커피 마시는 풍습이 유행하

게 되었다. 어느 집에서 시작되었는지는 모르겠지만, 귀한 손님이 올 때만 아주 드물게 제공되던 커피는 어느새 탕가루와 미숫가루를 대신하여 동네 사람들이 모일 때마다 마시는 음료가 되었고, 급기야 가족들이 저녁상을 물리고 점점 지루함에 빠져들 시간에 권태를 순식간에 물리쳐 줄 마법의 음료로 급부상하게 되었다. 실로 판근의 마을에서 커피는 음료계의 왕좌에 등극하여 천하를 호령하였는바, 이는 굴러 온 돌이 박힌 돌을 뽑아낸다는 옛말과 한 치도 틀림이 없는 것이었다.

그러나 어찌 된 일인지 판근만은 커피를 거들떠보지도 않았다. 그때는 아직 커피가 잠을 쫓는 해로운 음료라는 사실이 밝혀지기 전이어서 어른 아이 할 것 없이 프림과 설탕을 잔뜩 넣은 커피를 즐기던 때였다. 따라서 군것질거리에 늘 허덕이던 어린아이들이 어른들보다 더 자주 커피를 마셔댔다. 그러던 것이 전전반측 매일 밤을 뜬눈으로 지새우는 사람들이 늘어남에 따라 어쩌면 커피가 잠을 쫓는 악마의 음료일지도 모른다는 의심을 하게 되었고, 결국 마을의 어떤 한 선구자가 자신의 몸을 실험도구 삼아 커피를 끊고 사흘 연속 꿀잠을 잠으로써 커피가 악마의 음료라는 사실을 확정하게 되었다. 이로써 커피는 아이들에게 금단의 열

매가 되었는데, 커피의 맛을 끝내 잊지 못하고 그리워하던 아이들 중 몇은 프림과 설탕만을 타서 커피처럼 마시는가 하면, 어떤 아이들은 프림가루를 손바닥 위에 올려놓고 혀끝으로 야금야금 핥아먹는 짓을 하게 되었다.

그러나 결단코 이런 이유 때문에 판근이 커피를 거들떠보지도 않은 것은 아니었다. 커피에게 왕좌를 내주고 어두운 찬장 구석에서 와신상담하고 있는 탕가루와 미숫가루에 대한 의리를 지킬 만큼 판근이 의로운 사람은 아니었다. 잠을 쫓는 악마의 음료를 무서워할 만큼 겁쟁이도 아니었으며, 그따위 음료수에 굴복하여 잠을 못 잘 만큼 나약하지도 않았다. 또 프림과 설탕을 타서 커피 대신 마시거나 프림을 손바닥 위에 올려놓고 혀끝으로 찍어 먹는 행위가 땅거지 같은 천박한 행위라고 생각할 만큼 야박하지도 않았다. 단 것에 목말라하기는 판근도 마찬가지였고, 그러므로 프림가루라도 찍어 먹을 수밖에 없는 아이들의 심정을 너무나 잘 이해하였다. 그런데 왜 판근은 아이들에게까지 커피가 허용되던 그 시절에조차도 커피를 거들떠보지 않았는가?

그것을 한마디로 설명하긴 어렵다. 어린아이의 마음은 여러 개로 조각난 거울과 같아서 도무지 알 수도 이해할 수도 없는 것이다. 알려 하면 할수록 아이의 입에서는 '아니오'라는 말이 속출할 것이며, 이해하려 하면 할수록 아이는 마음의 문을 굳게 닫고 미궁 속으로 더 깊게 침잠할 것이다. 그러므로 판근의 마음을 어른의 관점으로 재단하지 말기로 하자. 다만 한 가지 조심스러운 가설을 제시해볼 수는 있다. 그것은 바로 '삐에르에 대한 그리움'이요, 더 나아가서는 '환상과 꿈에 대한 지극한 사랑'이다.

판근은 런던라사에서 삐에르가 준 커피를 마시던 그 첫 순간에 영원히 그 맛을 기억하게 될 것이라는 운명적인 생각을 했다. 달달하고 향긋하고 따뜻한 그 갈색의 액체는 판근을 순식간에 레이스 달린 블라우스를 입고도 전혀 창피해하지 않는 서양의 왕자로 만들어주었다. 〈왕자와 거지〉이야기에 나오는 거지도 아마 이 마법의 음료를 마시고 거지에서 왕자로 탈바꿈하게 되었을 것이었다. 아아, 그런데! 마을에서 마시는 커피는 판근을 결코 왕자로 만들어주지 않았다. 거미가 집을 짓는 낡은 지붕 밑에서 마시는 커피는 너무 달고 너무 느끼하고 너무 탁하고 너무 뜨거웠다. 단숨에 후각을 사로잡아버리는 향기로움도 없었다. 판근은 실수인 듯 마을에서 마시는 첫 커피를 거침없이 방바닥에 쏟아버리고는 마구 울었다. 아까운 것을 쏟아버린 데 대한 가족들의 지청구와 쥐어박음이 아니었더라면 그 순간 판근이 왜 우는지 도무지 알 수 없어서 가족들의 속은 커피보다 더 까맣게 타들어갔으리라. 그러나 커피를 쏟아버린 판근의 눈물을 충분히 오해할 만큼 가족들은 야멸찼다.

"먹기 싫으면 아버지를 주던가. 이 아까운 것을 다 쏟아버린 주제에, 뚝 못 그쳐!"

때가 시커멓게 낀 걸레로 커피를 닦아내면서 소리친 엄마가 야속한 것은 아니었다. 그 순간 판근의 울음소리가 한 옥타브 더 높아진 이유는 무참히 깨져버린 자신의 환상 때문이었다. 커피는 마법의 음료가 아니었다. 단지 런던라사에서 삐에르가 준 커피만이 마법의 음료였다. 판근은 삐에르가, 향기로운 커피를 든 삐에르의 하얀 손이 너무나 그리워서 오래도록 펑펑 울었다. 그리고 그날 이후 다시는 프림 둘, 설탕 둘을 탄 커피는 거들떠보지도 않았다.

판근은 디자이너가 되기로 마음먹었다

판근이 그렇게 마음먹은 순간부터 삐에르는 판근의 우상이 되었다.

만나러 갑니다

 방학이 되자 판근은 장날이 오기만을 손꼽아 기다렸다. 종업식을 마치고 집에 오자마자 던져둔 책가방에 뽀얗게 먼지가 쌓여가긴 마찬가지였지만, 판근은 이전처럼 동네 아이들과 어울려 노는 데 흥미를 잃어버렸다. 장날이 되면 특히 더 그랬다. 이웃에 사는 영득이가

 "판근아, 노올자."

 아무리 목청껏 소리쳐도

 "안 논다."

 이 한 마디뿐이었다. 그러면 영득이가 잠시 동안 아무런 기척도 없이 서 있다가

 "판근아, 노올자!"

 다시 한번 목청껏 외쳤다. 그러면 판근이 다시

"안 논다니까! 나 바빠."

신경질적으로 소리쳤다. 그렇게 몇 번을 서로 주고받다 보면 영득이 풀 죽어 돌아서는 발걸음 소리가 들리는데, 이때가 되면 판근은 슬그머니 미안한 마음이 들어 판근네 집 대문에서 몇 발짝 떨어지지 않은 곳에서 고개를 푹 수그린 채 아주 천천히 걷고 있는 영득을 불러 세우게 되는 것이었다.

"이리 와. 그렇지만 오늘 하루만이야. 난 무지하게 바쁜 몸이라고."

그러면 영득은 감격에 겨운 표정으로 득달같이 달려왔는데, 이때의 영득은 판근이 시키는 일이라면 무엇이라도 할 기세였다. 그게 도둑질이라 해도 말이다.

"그런데 너는 도대체 왜 바쁜 거냐?"

참나무로 깎은 팽이에 줄을 감으며 영득이 물었다. 벌써 몇 번째 똑같은 물음이었다.

"나는 드자이너가 될 거니까."

판근이 뱅글뱅글 돌고 있는 팽이를 후려치며 말했다. 벌써 몇 번째 똑같은 대답이었지만 그런 것쯤 아무렇지도 않다는 투였다.

"드자이너가 뭔데?"

영득이 코를 훌쩍 들이마시며 역시 몇 번째 물어본 똑같은 질문을 했다.

"드자이너는 옷 만드는 사람이야. 런던라사의 삐에르처럼."

판근이 속도가 떨어진 팽이에 팽이채를 휘두르며 어른스럽게 대답했다. 이 역시 몇 번이고 말한 똑같은 대답이었다.

"삐에로? 서커스의 삐에로? 그럼 동춘서커스처럼 런던라사도 서커스 이름인가?"

"삐에로가 아니라 삐에르야. 그리고 런던라사는 서커스가 아니라 양복점이고."

"으응, 그렇구나. 양복점의 삐에로."

"삐에로가 아니라 삐에르라니까! 광대 삐에로가 아니라 옷 만드는 드자이너 삐에르!"

"그래 알아, 삐에르. 그런데 너는 여자들처럼 바느질이나 하겠다는 거냐? 고추 떨어지게?"

"드자이너는 여자들처럼 바느질이나 하는 사람이 아니라 옷을 만드는 사람이야. 그게 드자이너라고."

"옷 만드는 거하고 바느질하는 거하고 뭐가 다른데?"

"암튼 달라, 아주 다르다고. 아무것도 모르는 무식쟁이 주제에."

 "뭐? 무식쟁이? 그러는 넌 유식해서 좋겠다. 여자들처럼 바느질이나 하겠다는 주제에. 고추나 확 떨어져라."

 이쯤 되면 그간의 돈독했던 우정은 자취를 감추고 싸늘한 냉기만이 둘 사이를 무 쪼개듯 갈라놓는데, 이 역시 벌써 몇 번째 벌어진 똑같은 일이었다.

 "야, 너랑 안 놀아. 너네 집에 가!"
 "흥, 나도 너 따위 계집애 같은 새끼랑은 안 놀아."

 영득은 가지고 놀던 팽이가 마치 판근이나 되는 것처럼 마당에 힘껏 패대기를 치고 분기탱천하여 발을 쿵쿵 구르며 판근의 집을 나섰다. 그러면 판근은 영득이 패대기쳐 마당에 처참하게 박혀 있는 팽이를 집어 들고 씩씩거리며 멀어져 가는 영득을 저주했다.

 "무식한 새끼. 가다 콱 넘어져서 코나 깨져라."

 판근이 제일 친한 영득과 놀기를 거부하면서까지 장날이 오기만을 눈이 빠져라 기다렸건만, 엄마는 도대체 장에 갈 기미를 보이지 않았다. 벌써 방학이 반이나 지나 있는데 말이다. 엄마가 장에 가더라도 판근을 데려갈 리는 만무였지만, 판근은 이미 엄마의 강력한 저지에도 불구하고 따라나서 본 경험이 있었으므로 이번에도 따라나설 자신이 있었다. 비록 그 옛날의 트라우마로 말미암아 가슴 한편이 자신도 모르게 콕콕 쑤셔오겠지만 말이다. 그렇다 해도 장에 가서 삐에르를 만날 수만 있다면 그깟 상처쯤이야 얼마든지 극복할 수 있었다. 그러나 엄마가 장에 가야 무슨 일이 돼도 될 터인데, 야속한 엄마는 학교 운동장의 이승복 동상처럼 꿈쩍도 하지 않았다.

견디다 못한 판근이 어느 날 엄마에게 물었다.

"장에 안 가?"

"안 간다."

"왜?"

"그건 내가 묻고 싶다. 도대체 왜 가야 한다는 거냐?"

판근은 아무 말도 하지 못했다. 할 말이 없어서는 아니었지만 어쩐지 아무 말도 해서는 안 될 것 같았다.

이로써 판근의 고민은 더욱 깊어졌다.

'어떻게든 장에 가야 해. 가서 삐에르를 만나야 해. 그런데 어떻게 가지?'

이리저리 머리를 굴려 봐도 도무지 뾰족한 수가 떠오르지 않았다.

"판근아, 노올자."

심각한 고민으로 가뜩이나 머리가 복잡한 판근은 밖에서 영득의 째질 듯한 목소리가 들려오자 순간적으로 짜증이 확 치밀었다. 그래서 그 어느 때보다 격앙된 목소리로 안 논다고 외쳤지만, 눈치 없는 영득은 미련하게도 과거의 일을 계속 되풀이하려 했다.

"안 놀아, 안 논다고 했잖아. 나 바빠서 너 상대할 시간 없으니까 빨리 가."

판근이 방문을 박차고 나와 단전에 힘을 주어 고래고래 소리를 지르자 영득은 놀란 눈으로 판근을 빤히 쳐다보았다. 그러고는 곧 눈물이 그렁그렁해져서는 고개를 푹 수그린 채 발길을 돌렸다.

"잘 있어. 나는 간다."

뒤돌아선 채 영득이 풀 죽은 목소리로 말했다. 어쩌면 울고 있는지도 몰랐다. 판근은 죄책감이 들었다. 그래서 저도 모르게

"영득아."

하고 부르고 말았다. 영득은 멈춰 섰으나 뒤돌아보지는 않았다.

"왜."

판근은 무슨 말인가 해야 했으나 무슨 말을 해야 할지 알 수 없었다.

"저기."

영득은 여전히 돌아서지 않은 채 말했다.

"저기 뭐."

영득의 목소리가 싸늘했다.

"아니, 잘 가라고."

판근은 울 것 같았다. 영득이 이대로 판근을 외면한 채 자기 집으로 간다면. 아아, 생각만 해도 끔찍했다. 순간 영득이 돌아섰다.

"나쁜 새끼!"

굳이 영득을 마주 보지 않아도 그 눈에 증오가 가득 담겼을 거라는 짐작이 갔다. 판근은 자신의 심장이 쿵 내려앉는 소리를 들었다. 판근은 무서웠다. 영득도 무서웠고, 쿵 내려앉은 심장도 무서웠고, 무엇보다 영득이 이대로 증오심을 가득 품은 채 돌아가 버릴까 봐 무서웠다. 판근은 울음을 터뜨리고 말았다.

"그래서 꼭 장에 가야 한단 말이지?"

조금 전에 벌어진 일은 아무것도 아니었다는 듯 머리를

맞댄 두 소년의 얼굴이 말갰다.

"그래. 삐에르를 꼭 만나야 해."

"그런데 어떻게 가지?"

"그러니까 고민이지."

판근이 땅이 꺼져라 한숨을 내쉬었다. 덩달아 영득도 한숨을 내쉬며 말했다.

"후유, 드자이너의 길은 참 멀고도 험하구나."

"그럼, 누구나 쉽게 할 수 있는 일은 아니지."

"그런데 어떻게 장에 가지?"

"그러니까 고민이지."

다시 두 소년의 무한한 고민이 시작되었다. 두 소년은 방바닥에 엎드려 턱을 괴고 머리를 맞댄 채 열심히 궁리했다. 과연 이전에도 이후에도 없을 전대미문의 몰입이었다. 그러느라 할머니가 꼬부랑꼬부랑 문지방을 넘는 것을 미처 보지 못했다.

"아이고, 내 새끼들, 무슨 생각들을 그리 하누? 무슨 생각을 하느라 이 할미가 무거운 무수를 여섯 개나 들고 들어오는데 아는 척도 안 하누? 나라도 구할 생각인 게냐? 그렇지만 이 할미가 무거운 무수를 여섯 개나 들고 들어오다가 문지방에 걸려 넘어져서 머리라도 깨지면 그게 다 무슨 소용이겠누? 예부터 수신제가치국평천하라고 했느니. 우선 가족을 먼저 지켜야지."

 엄밀히 말하면 먼저 제 몸을 닦는 것이 순서였다. 그러나 그런 것을 알 리 없는 두 소년은 얼른 일어서서 무거운 무가 여섯 개나 든 비료포대를 할머니의 손에서 넘겨받아 윗목 구석에 놓아두었다.

 "암, 그래야지. 예부터 장유유서라 했느니. 어른을 잘 섬길 줄 알아야지. 아이고, 기특한 내 새끼들."

 할머니는 두 소년을 향해 흡족한 미소를 지은 뒤, 윗목에 놓인 비료포대에서 커다란 무 한 개를 꺼냈다. 그리고 나머지 다섯 개의 무는 잘 봉하여 판근이 어렸을 때 띠었던 살구꽃무늬 포대기로 잘 싸 놓았다. 그러고는 365일 윗목 구석에 잘 놓여 있다가 다용도로 쓰이는, 시꺼멓게 녹이 슨 칼을 들고 꺼내놓은 커다란 무를 쓱쓱 깎아 먹기 좋은 크기로 삐져놓았다.

 "어서 먹어라. 자고로 무수만큼 좋은 음식이 없느니라. 무수를 많이 먹은 사람은 꺼억꺼억 트림도 뱃심 좋게 잘 하느니라. 그만큼 위장이 튼튼하다는 얘기니라."

 할머니의 얘기가 끝나기도 전에 두 소년은 벌써 무를 세 쪽째 집어먹고 있었다. 할머니가 굳이 동의보감에나 나올

법한 이야기들을 전해주지 않아도 그들은 무엇이나 다 잘 먹었다. 그리하여 철밥통뿐 아니라 철심장, 철콩팥, 철간 등 그들의 온몸은 구석구석 이미 튼튼해지고 있었다.

"할머니는 장에 안 가요?"

와작와작 무를 깨물어 먹던 영득이 말했다.

"안 간다."

"왜요?"

"그건 내가 묻고 싶은 말이구나. 어멈이 있는데 왜 늙은 내가 생고생을 해야 한단 말이냐? 예부터 부자유친이라 했느니라. 며느리는 시어미를 고생시키지 말아야 한다는 뜻이니라."

잠깐이지만 기대에 찼던 판근은 크게 실망했고, 영득은 작은 눈을 반짝이며 감탄했다.

"할머니, 진짜 유식하네요."

두 소년의 고민은 며칠 동안 계속되었다. 꼭 장에 가야 할 이유가 있는 판근은 그렇다 치고, 왜 영득이 나서서 그 깊은 고민을 함께 한 건지는 알 수 없다. 그저 제일 친한 친구에 대한 의리라고 하기에는 이후 영득의 행동이 석연치 않았다. 그러나 숨은 의도야 어찌 되었건 함께 고민하고 함께 문제를 해결하려는 영득의 행동은 분명 아름다운 것이었다. 훗날 영득은 이러한 미덕을 잘 살려 진정 아름다운 청년으로 성장하게 된다.

판근이 고대하고 고대하던 삐에르와의 만남을 실행할 수 있었던 건 어디까지나 영득의 공로였다. 땅이 꺼져라 한숨을 들이쉬고 내쉬던 판근에게 어느 날 영득이 득의만면하여 찾아왔다. 이날은 '판근아 노올자' 소리도 하지 않고 곧장 보무도 당당하게 판근네 집 안방 문을 열고 들어와 판근이 하도 뒹굴어 반질반질 윤이 나는 장판 위에 떡하니 책상다리를 하고 앉았다.

"뭐야, 내 허락도 안 받고 네 맘대로 들어오고."

"너 이제부터 나를 형님으로 모셔라."

"귀신 씻나락 까먹는 소리 하고 있네. 네가 왜 내 형님이냐? 학년도 나보다 아래인 주제에."

"삐에르를 만날 수 있는 방법을 찾았는데? 싫음 말고."

"뭐? 삐에르를 만날 수 있다고?"

"그래. 그러니까 나한테 형님이라고 한번 불러봐."

"치사한 자식. 나는 너를 형님이라고 못 불러. 그러니까 그냥 말해."

"싫다고? 싫음 말고. 그럼 나 간다."

영득이 일어서려 하자 판근이 다급히 영득의 다리를 붙잡았다.

"뭐야, 말해. 어서 말하라고."

영득의 다리를 붙잡아 거꾸러뜨린 판근은 영득의 등에 올라타 팔뚝으로 영득의 목을 감으며 말했다. 목이 졸린 영득은 판근에게서 벗어나려 다리를 버둥거렸지만 그러면 그럴수록 판근은 더욱 세게 목을 조였다. 결국 영득은 손바닥으로 방바닥을 찰싹찰싹 내리치며 항복을 선언할 수밖에 없었다.

"자, 어서 말해봐. 형님한테 까불지 말고."

숨을 헉헉 몰아쉬던 영득은 갑자기 켁켁 기침을 하기 시작했다. 억울한 영득이 억지 기침으로 시간을 끌며 나름대로 소심하게 화풀이를 하는 것이었으나 이 역시 판근에게 통할 리가 없었다. 판근은 가뜩이나 치켜올라간 눈썹을 더욱 치켜올리며 영득을 을러댔다.

"네가 나를 당할 것 같아? 허튼 수작 부리지 말고 빨리 말해. 좋은 말로 할 때."

영득이 훌쩍이기 시작했다. 판근은 당황했다.

"왜 그래, 내가 어쨌다고."

판근이 한마디 하자 영득은 앙 울음을 터뜨렸다. 그러더니 소리 높여 엉엉 울기 시작했다. 영득의 울음소리가 높아지자 판근은 어찌할 바를 몰랐다.
"내가 뭐, 내가 뭐."
주눅 든 목소리로 몇 차례 중얼거리자 눈물이 왈칵 쏟아졌다. 눈물이 떨어져 손등을 적시자 판근은 뭔가 자신이 크게 잘못한 것 같기도 하고, 또 뭔가 대단히 억울한 것 같기도 한 감정에 휩싸였다. 우는 영득이 불쌍한가 하면 괜히 울어서 자기를 곤경에 빠뜨린 영득이 얄밉기도 하였다. 얄미운 영득이 이대로 빨리 제 집으로 가버렸으면 하는 마음이 드는가 하면 불쌍한 영득에게 딱지라도 나눠줄까 하는 마음이 들기도 하였다. 도무지 뭐가 뭔지 알 수 없게 된 판근은 저도 모르게 앙 목을 놓았다. 그러자 영득이 울음을 그치고 엉엉 우는 판근을 잠시 바라보더니 다시 앙 울음을 터뜨렸다. 영득이 다시 울자 판근은 더 소리를 높였다. 그러자 이번에는 영득이 더 큰 소리로 울어대기 시작했다. 이리하여 두 소년의 울음소리가 집안을 가득 채우고도 남음이 있어 집 밖으로 너울너울 흘러가 이웃집으로 마실 간 할머니의 귀에까지 당도하게 되었다. 두 소년의 울음소리를 들은 할머니는 처음에는

"이놈의 도둑괭이, 좌우간 씨를 말려야 한다니까."
라며 애꿎은 고양이를 탓했으나, 시간이 지나도 멈출 줄 모르는 울음소리에 고구마 먹던 목이 메어 오자 이상한 낌새를 느끼고 먹던 고구마를 팽개친 채 주인에게 인사도 못 차리고 부랴부랴 집으로 달려왔다.

아니나 다를까, 대문간을 들어서면서 점점 커지기 시작한 울음소리가 안방에 다다라 절정에 이르자 뭔가 사달이 나도 크게 났구나 싶어진 할머니는 고무신도 채 벗지 못하고 안방 문을 부술 듯 열어젖히고는 구를 듯 날 듯 안방으로 들어갔다.

"아이고 내 새끼, 무슨 일이냐? 에미 어디 갔냐? 얘, 에미야."

이에 놀란 두 소년이 동시에 울음을 뚝 그쳤다. 그러고는 화등잔만 해진 두 눈에 눈물을 가득 담은 채 붉으락푸르락 엄마를 찾고 있는 할머니를 올려다보았다.

"엄마는 가발 만들러 상미네 갔잖아."

판근이 울음 든 목소리로 말하자 할머니가 눈물에 젖은 판근의 볼을 닦아주며 말했다.

"아이고 내 새끼, 딱하기도 하지."

그러고는 곧바로 영문도 모르고 앉아 있는 영득을 흘겨

보며 말했다.

"네 이놈. 네가 우리 강아지 때렸지?"

영득은 손사래를 쳤다.

"아니에요. 저는 강아지 때린 적 없어요. 저는 어렸을 때 개한테 물린 적이 있어서 강아지 근처에도 못 가요."

"떼끼, 이놈! 거짓말하면 못 쓴다. 자고로 붕우유신이라고 했느니라. 친구 앞에서 거짓말하면 안 된다는 말이니라."

"거짓말 아니에요. 제가 강아지 무서워하는 건 판근이도 알아요."

"어른 앞에서 꼬박꼬박 말대꾸하는 건 아주 나쁜 버릇이다. 예부터 어른이 콩으로 메주를 쑨다고 해도 믿으라고 했다. 그것이 바로 효孝이니라."

"할머니, 원래 메주는 콩으로 쑤는 거잖아요."

"어허, 그래도 이놈이!"

영득은 뭐라 더 말하고 싶었지만 할머니의 서슬에 기가 죽었다. 영득이 목을 자라처럼 움츠리자 판근이 혀를 쏙 내밀며 영득을 약 올렸다. 영득은 슬그머니 주먹을 쥐어 판근을 향해 내밀었으나, 전적으로 판근 편인 할머니가 또 영득을 혼낼까 두려워 이내 거두고 말았다.

"우리가 직접 가는 거야."

"어떻게?"

"버스 타고. 사람 많이 내리는 데서 내리면 거기가 읍내 랬어."

"누가?"

"우리 엄마가. 그런 다음에 사람들한테 물어보면 된대. 런던라사가 어디냐고."

"그것도 너네 엄마가 그랬어?"

"응."

"그럼 너네 엄마도 우리가 장에 가는 거 알아?"

"왜? 우리 엄마가 알면 안 돼?"

"꼭 그런 건 아니지만, 왠지 마음에 걸려."

"걱정 마. 우리 엄만 우리가 장에 가는 거 몰라. 그냥 내가 런던라사가 어디냐고 물어봤을 뿐이야."

"그런데 우리가 정말 장에 갈 수 있을까?"

"그럼. 버스만 타면 돼. 런던라사까지 찾아가는 건 내가 다 할 수 있어."

"그런데 버스 타려면 돈 내야 되잖아."

"그것도 걱정 마. 나한테 있으니까."

"돈이 어디서 났어?"

"그건 알 거 없고, 우린 장에 가서 삐에르를 만나기만 하면 돼."

영득을 바라보는 판근의 눈시울이 뜨거워졌다. 조금 전에 영득의 목을 조르고 영득을 윽박질러 울게 만든 것이 후회가 되었다. 할머니에게 혼날 때 약 올린 것도 미안해졌다. 영득이 얄미워서 운 것도 잘못한 일이라 생각되었다. 그래서 판근은 결심했다. 여왕 앞에 무릎 꿇은 중세의 기사처럼 판근은 영득 앞에 한쪽 무릎을 꿇고 공손히 머리를 조아렸다. 그리고 영득을 향해 진심에서 우러나는 목소리로 말했다.

"형님!"

"우리 장에 가요. 엄마 심부름하러요."

영득은 버스 안내양에게 돈을 내며 큰 소리로 말했다.

"누가 물어봤니? 별꼴이야."

안내양은 그런 것에는 아무 관심도 없다는 듯 새침하게 톡 쏘았다. 영득은 뒷머리를 긁으며 안내양에게 멋쩍은 웃음을 지어 보였지만 안내양은 영득을 외면한 채 버스 문을 닫고 손으로 버스 벽을 탁탁 치며

"오라이!"

큰 소리로 외쳤다. 영득은 그것이 신기했는지 그로부터 한동안 아무 데서나 '오라이'를 외쳐대었다.

덜컹덜컹 버스는 요동쳤고, 판근과 영득의 속도 덩달아 요동쳤다. 머리는 어질어질하여 정신이 하나도 없는데, 어른들은 자꾸만 커다란 엉덩이로 판근과 영득을 이리저리 밀어댔다. 의자 뒤의 손잡이를 꼭 붙든 팔에 아무리 힘을 주어도 버스의 흔들림을 따라 저절로 움직이는 몸을 어쩌지 못했다. 오히려 팔에 너무 힘을 준 탓인지 덜덜 떨리고 아팠다. 양쪽 팔뚝에 각각 하나씩 달걀이 들어간 것만 같았다.

"빨리 내리고 싶어."

판근이 울상을 지으며 영득에게 말하자 십분 이해한다는 듯한 표정으로 영득이 말했다.

"오라이, 오라이."

읍내까지 무슨 정신으로 어떻게 왔는지 모르겠지만, 판근과 영득은 쏟아져 내리는 사람들에 섞여 버스에서 내렸다. 얼굴이 노랗게 뜬 두 소년은 금방이라도 토할 것 같았다. 다리에 힘이 풀려 도저히 걸을 수 없을 것 같았고, 아직도 버스에 탔을 때처럼 땅이 움직이고 있는 것 같았다. 두 소년은 도로가에 주저앉고 말았다. 어떤 아가씨가 걱정스러운 표정으로 두 소년에게 다가와 물었다.

"괜찮니?"

두 소년이 고개를 끄덕이자 아가씨는 비로소 안심이 된다는 듯 또각또각 구두 소리를 울리며 멀어져 갔다.

길가에 앉아 잠시 쉬자 멀미는 금세 가라앉았다. 기운을 차린 두 소년은 시장바구니를 들고 지나가는 어떤 아주머니에게 런던라사가 어디 있는지 물었다. 아주머니는 손을 들어 한 방향을 가리키며 말했다.

"이쪽으로 쭉 가. 길 건너지 말고. 금방이야."

두 소년의 가슴이 쿵쿵 뛰었다. 특히 판근은 너무 흥분하여 기절할 지경이 되었다. 방학 내내 꿈에도 그리던 런던라사가 지척에 있었다.

뛰는 가슴을 안고 런던라사에 당도한 두 소년은 갑자기 찬물을 뒤집어쓴 듯 얼어붙고 말았다. 굳게 닫힌 런던라사의 문 위에 지렁이가 기어간 글씨로 이런 글귀가 쓰인 하얀 종이가 붙어 있었기 때문이었다.

'금일휴업 오늘은 쉽니다.'

대단히 실망한 판근은 그 자리에 주저앉아 통곡했다.

"야, 울지 마. 쪽팔리잖아."

영득도 실망하긴 마찬가지였지만, 판근이 길바닥에 주저앉아 울음을 터뜨리는 바람에 자신의 감정을 제대로 표현할 수 없었다. 대신 퉁명스러운 소리로 판근에게 핀잔을 주었다. 그 바람에 판근은 더욱 서럽게 울며 이렇게 외쳤다.

"왜, 왜 하필이면 오늘이야? 왜 오늘이냔 말이야!"

판근은 도무지 이 상황을 받아들일 수 없었다. 꼭 누군가 장난을 치고 있는 것만 같았다.

"그러게 가는 날이 장날이란 말이 있잖냐."

영득이 진지한 목소리로 판근을 위로했다. 그러나 이 말은 역효과만 냈다. 속상한 판근은 더더욱 속이 상하여 영득에게 소리쳤다.

"이게 다 너 때문이야."

영득은 어이가 없었다.

"마른하늘에 날벼락이라더니, 왜 나한테 그래?"

"시끄러워! 네가 하는 말은 다 거지 같아."

"뭐야? 계집애같이 아무 데서나 울기나 하는 주제에! 계집애같이 바느질이나 하겠다는 주제에!"

"이 새끼가, 너 죽고 싶어?"

판근이 금방이라도 영득에게 달려들 기세로 주먹을 부르쥐었다. 그 서슬에 영득이 뒤로 주춤 물러섰다. 그때였다.
 "이놈들, 네놈들은 웬놈들이기에 남의 가게 앞에서 싸움질이냐?"
 옆 가게의 문이 벌컥 열리면서 벽력같은 고함이 터져 나왔다. 그리고 곧바로 얼굴이 온통 수염으로 뒤덮인 남자가 튀어나와 부리부리한 눈으로 두 소년을 노려봤다. 판근과 영득은 겁이 덜컥 났다. 그리하여 두 소년은 앞뒤 가리지 않고 쏜살같이 도망치기 시작했다.

 털보 남자로부터 멀찍이 도망쳤다고 생각한 판근과 영득은 달리기를 멈추고 숨을 헉헉 몰아쉬었다.
 "야, 봤냐? 눈이 튀어나올 것 같았어."
 "그래, 되게 무섭게 생겼더라."
 "잡히면 뼈도 못 추렸겠지?"
 "아마도."
 숨도 맘도 어느 정도 진정되자 판근과 영득은 길을 따라 걷기 시작했다. 몇 분쯤 걸어가자 어디선가 고소한 냄새가 풍겨 왔다.
 "야, 배고프지 않냐?"

"응, 고파."

"우리 뭐 먹을까?"

"돈 있어?"

"있다니까."

"뭘 먹지? 태극당 꽈배기 먹을까?"

"싫어."

"그럼 곰보빵?"

"그것도 싫어."

"그럼 장군베이커리로 갈까?"

"너는 빵 말고 먹을 게 없냐?"

"그럼 뭘 먹어."

"자장면 먹자."

"자장면? 그래 좋아!"

극적인 합의에 이른 두 소년은 입안 가득 고인 군침을 연신 삼키며 지나가는 사람들에게 물어물어 읍내 유일의 중국집 만리장성으로 향했다.

판근과 영득이 들어서자 중국집 주인은 팔짱을 끼고 기둥처럼 서서 두 소년을 쫀쫀히 훑어보았다. 그 눈이 매의 눈처럼 날카로웠다. 판근과 영득은 주눅이 들었다. 두 소년이 눈치를 보며 주춤주춤 자리를 찾아 앉는 동안에도 중국집 주인은 처음의 자세를 풀지 않았다.

"아저씨, 여기 자장면 두 그릇요."

영득이 기어들어가는 목소리로 말하자 중국집 주인이 퉁명스러운 목소리로 말했다.

"선불이다."

"그게 뭔데요?"

"돈 먼저 내란 말이다."

"그런 게 어딨어요?"

"우리 집은 그게 원칙이다. 어린 애들끼리만 오면 특히 더 그렇다."

"자장면 얼만데요?"

"한 그릇에 오백 원, 도합 천 원이다."

"에이, 더럽게 비싸네."

"돈 있으면 먹고 없으면 가라."

"여기 있어요. 얼른 자장면이나 줘요."

영득이 주머니에서 꼬깃꼬깃 구겨진 천 원짜리 지폐를 꺼내 내밀었다. 그러자 중국집 주인이 눈을 더욱 날카롭게 빛내며 물었다.

"훔친 거 아니냐?"

영득이 펄쩍 뛰며 말했다.

"아니에요. 우리 엄마가 읍내 가서 자장면 사 먹으라고 준 거란 말이에요."

"정말이냐?"

"정말이에요."

중국집 주인은 그제야 비로소 처음의 자세를 풀고 영득에게서 돈을 받았다. 부동의 자세로 오래 버티기 챔피언이 있다면 단연 중국집 주인 차지가 되었을 정도로 그의 자세는 집요하고 견고했다. 또한 왠지 모르게 두려운 느낌이 들게 했다. 그래서 그런지 고소한 냄새와 함께 눈앞에 당도한 자장면 두 그릇은 감동 그 자체였다. 참으로 눈물겨웠다.

황홀한 자장면의 맛을 어떻게 표현해야 할까? 검은 춘장과 하얀 면발의 오묘한 조화를 무슨 말로 찬양해야 할까? 아아, 세상에는 이루 말로 다 할 수 없는 것들이 너무나 많지만 자장면의 맛과 향기, 색깔이 주는 감동은 그 중 으뜸이었다. 게다가 자장면에 곁들여 먹는 노란 단무지의 그 달콤함이라니. 판근은 울컥 목이 메었다. 맛있어도 너무 맛있었다.

자장면 그릇에 머리를 박고 면이 코로 들어가는지 입으

로 들어가는지도 모르게 허겁지겁 먹어치운 판근은 그릇에 달라붙은 춘장까지 싹싹 핥아먹은 후에야 못내 아쉬운 듯 그릇을 내려놓았다. 그러고는 영득의 자장면 그릇을 넘봤다. 그런데 어쩐지 영득은 먹는 게 시원찮았다.

먹기 싫은 것을 억지로 먹는다는 듯 면발을 입으로 꾸역꾸역 밀어 넣던 영득은 벌써 제 그릇을 다 비우고 자신의 그릇을 넘보고 있는 판근 쪽으로 자신이 먹던 자장면 그릇을 밀어냈다.

"너 먹어."

그릇에는 자장면이 반이나 남아 있었다.

"왜? 더 먹지."

"됐어. 너 먹어."

"정말 내가 먹어도 돼?"

"그래, 너 먹어."

판근은 영득의 마음이 바뀔까 봐 얼른 젓가락을 들고 자장면을 입안으로 우걱우걱 쑤셔 넣었다. 영득은 그런 판근을 멀거니 바라보았는데, 그 모습은 얼핏 살신성인의 자세로 힘들게 돈을 벌어 굶주린 동생을 먹여 살리는 자애로운 형의 모습과도 같았다. 입안 가득 면발을 욱여넣은 판근은 노란 단무지를 집으려다 영득과 눈이 마주치자 저도 모르게 씩 웃었다. 영득은 재빨리 눈을 내리깔았는데, 판근의 입가에 묻은 춘장과 입안에서 채 부서지지 못하고 짧게 튀어나온 면발과 춘장으로 검게 물든 이가 실로 더럽게 느껴졌기 때문이었다.

"다 먹었으면 가자."

영득이 일어서려 하자 판근이 영득의 한쪽 팔을 붙들었다.

"아직. 단무지 한 개만 더 먹고."

"그냥 가."

영득이 판근의 손을 뿌리치고 일어섰다. 판근은 단무지 한 개를 재빨리 입에 넣고 부랴부랴 영득을 따라나섰다.

"더럽게 맛없네. 에이, 입맛만 버렸다."

중국집을 나서자마자 영득이 침을 뱉으며 투덜거렸다. 판근은 그런 영득이 도무지 이해가 되지 않았다. 위, 십이지장, 작은창자, 큰창자, 간, 쓸개, 콩팥, 심장, 뇌, 온몸 구석구석을 돌아다니는 피까지 고루 만족시켜주는 자장면의 황홀한 맛을 두고 맛이 없다고 하다니, 그건 자장면에 대한 모독이었다. 판근은 도저히 참을 수 없어 한마디 했다.

"평생 먹어본 것 중에 자장면이 제일 맛있다."

앞서 걷던 영득이 돌아서서 판근을 노려보았다. 그 눈빛이 아까 본 중국집 주인과 닮아 있었다. 그 전에 본 털보 남자와도 닮아 있었다. 판근은 두려움으로 전율했다.

그야말로 콩나물시루 같은 버스에 바늘처럼 꽂혀서 덜컹이며 돌아오는 동안 영득은 한마디도 하지 않았다. 판근이 신나서 떠들어대는 소리에 맞장구치지도, 판근이 물어대는 바보 같은 질문에 대답하지도 않았다. 판근은 버스에서 내려 동네 초입에 들어섰을 때에야 비로소 영득이 왠지 침울해 보인다는 것을 깨달았다. 무겁게 내려앉은 저녁 어스름처럼 영득의 얼굴에 그늘진 것이 마치 제 책임이기나 한 듯 판근은 미안해졌다. 왜 미안한 건지 아무리 생각해도 알 수 없어서 더 미안해졌다. 그래서 판근은 한숨 쉬듯 쓸데없는 말을 내뱉고야 말았다.
"드자이너의 길은 정말이지 멀고도 험하구나."

도둑

 처절한 고민과 깊은 한숨, 용감한 모험과 쓰라린 좌절로 점철된 겨울방학이 끝나가고 있었다. 판근은 그동안 처박아두고 한 번도 펼쳐보지 않은 탐구생활과 일기장 때문에 골머리를 앓고 있었다. 그 외에도 하지 못한 방학숙제가 너무나 많았다. 아버지, 엄마, 심지어 눈 어두운 할머니까지 동원했지만 남은 방학 동안 숙제를 다 하는 것은 무리였다. 그래도 울며 보채는 판근의 성화에 못 이겨 가족 모두가 온통 방학숙제에 매달렸다. 개학을 하루 앞두고, 미술숙제를 대신 해주던 아버지가 결국 폭발했다.

 "이럴 거면 학교고 뭐고 다 때려쳐!"

 통나무집짓기 숙제를 하기 위해 볼펜에 신문지를 말아 만든 가짜 통나무들을 집어던지며 고래고래 소리를 질렀다. 이에 질세라 밀린 일기를 쓰던 엄마도 한몫 거들고 나섰다.

"공부를 못하면 성실하기라도 하든가!"

어두운 눈을 껌벅이며 괴발개발 편지쓰기 숙제를 하고 있던 할머니가 콧잔등까지 내려온 돋보기를 밀어 올리며 물었다.

"그런데 아가, 편지를 보내주기는 하는 거냐? 그렇담 이 편지는 굳이 보낼 것 없다고 해라. 뭐라고 썼는지 내 다 알고 있으니까. 그래, 나한테 썼다. 왜, 늙은이가 주책인 것 같으냐? 나는 나한테 편지도 못 쓰냐?"

할머니는 누가 뭐라 한 것도 아닌데 찔리는 것이라도 있는지 괜스레 자기 말에 자기가 화를 냈다.

그러잖아도 남은 방학을 눈물로 보내고 있던 판근은 상황이 이렇게 되자 더 크게, 더 많이, 더 구슬프게 울 수밖에 없었다. 그러자 아버지와 엄마가 한 치의 오차도 없이 동시에 소리쳤다.

"뭘 잘했다고 울어!"

그러자 할머니가 쯧쯧 혀를 차며 말했다.

"내외 마음이 이렇게 잘 맞기는 천지가 개벽하고 처음일세, 처음이야."

결국 판근은 방학숙제를 다 해가지 못해서 선생님께 매

를 맞고 울었다.

 비록 매를 맞긴 했으나 숙제에 대한 걱정에서 놓여난 판근은 마음 놓고 '어떻게 하면 삐에르를 만날 수 있을까' 하는 고민에 몰입했다. 결국 몇 날에 걸친 심각한 고민 끝에 결과를 도출하긴 했으나, 그것은 판근의 인생에 커다란 오점을 남기고 마는 어이없는 것이었다.

 오직 삐에르를 만나야겠다는 일념으로 판근은 집안 구석구석을 뒤졌다. 쌀독도 열어보고, 엄마가 시집올 때 해 왔다는 장롱도 열어보고, 그 안에 걸려 있는 옷 주머니마다 다 뒤졌다. 이불 속도 살펴보고, 혹시나 싶어 윗목에 놓아둔 무 자루도 열어봤다. 심지어 할머니가 밤에 오줌을 누고 아침마다 샘에서 박박 문질러 닦아 반질반질 윤이 나는 요강 속도 살펴보았다. 그러나 그 어디에서도 돈은커녕 옛날 엽전 한 개 굴러 나오는 법이 없었다.

 판근은 실망했다. 돈이 없어도 이렇게 없는 집구석은 처음이라는 푸념이 절로 나왔다. 그 옛날, 판근이 울며 등교할 때 할머니가 사타구니 어딘가 은밀한 그곳에서 꺼내주던 동전을 생각 없이 써버린 것이 후회가 되기도 했다. 이런 날이 올 줄 알았다면 쫀드기나 능금캔디, 풍선껌, 생라면, 보름달빵 등 달콤하나 허망한 그것들 보기를 돌같이 했을 텐데, 뱃속에 들어갔다 나오면 구더기만 만들 그런 것들을 위해 그 아까운 돈을 다 쓰다니, 생각만 해도 눈시울이 뜨거워졌다.

그렇다고 포기할 판근이 아니었다. 판근은 녹슨 동전 하나라도 구하기 위해 굶주린 하이에나처럼 몇 날이고 집안 구석구석을 샅샅이 뒤지고 돌아다녔다. 또한 학교에 오갈 때마다 길바닥에 떨어진 동전을 줍는 행운을 고대하고 고대하며 땅만 보고 걸었다.

"하루 종일 땅 파봐라. 1원짜리 동전 하나 나오나."

어느 날은 그 옛날 아버지가 했던, 인생을 살며 금과옥조로 여겨야 한다던 그 말이 떠올라 방과 후 아이들이 다 돌아간 빈 운동장을 해가 질 때까지 파보기도 하였다. 아버지는 아무 노력 없이 허황된 행운을 바라지 말라는 뜻으로 한 말이었지만, 그때 옆에서 할머니가 하셨던 말씀이 그 순간 판근의 마음에 더 와닿았다. 할머니는 이렇게 말씀하셨다.

"엉뚱한 데를 파니까 그렇지. 제대로 된 데를 파면 왜 동전 하나 안 나올까."

판근은 할머니의 말씀에 기대를 걸었다. 그리고 학교 운동장처럼 넓고 사람들이 많이 오가는 곳이라면 할머니가 말한 '제대로 된 데'일 것이라고 생각했다. 설사 그곳이 제대로 된 데가 아니라 하더라도 꽝꽝 얼어붙은 운동장을 파헤치느라 지쳐버린 판근을 긍휼히 여긴 하느님이 동전 하나 정도는 선사할지도 모르는 일 아닌가.

그러나 아무리 운동장을 파도 동전은 나오지 않았다. 괜히 학교를 돌아보던 소사 연씨 아저씨에게 욕만 실컷 얻어먹었을 뿐이었다.

"저 웬수녀르 자식이 전생에 나랑 무슨 철천지 원수가 졌나, 멀쩡한 땅은 왜 파서 일을 만들고 지랄이야 지랄이. 날도 추워 죽겠는데."

연씨 아저씨의 주먹은 크고 단단했다. 그런 주먹으로 야무지게 꿀밤을 먹고 나자 판근의 눈에서는 저도 모르게 눈물이 후두둑 떨어졌다. 판근은 입을 비쭉거렸다. 이를 본 연씨 아저씨가 다시 한마디 했다.

"너 속으로 내 욕하냐? 이놈이 뭘 잘했다고."

다시 꿀밤이 날아들었다. 눈앞에서 하얗고 노란 별들이 명멸했다. 판근은 너무 아프고 속상했다. 그래서 땅을 파던 나무막대에 기대서서 큰 소리로 울기 시작했다. 그러자 연씨 아저씨가 다시 또 한마디 했다.

"어쭈, 곡하고 자빠졌네."

그래도 연씨 아저씨가 의리는 있었다. 판근이 어느 정도 마음을 진정시키고 집으로 돌아가려 할 때까지 담배를 뻑뻑 피우며 판근 옆에 있어주었다. 하얀 담배 연기 사이로 개밥바라기별이 반짝반짝 빛나는 것이 보였다.

"안녕히 계세요."

울음을 그친 판근이 연씨 아저씨에게 정중히 인사하고 돌아서려 하자 연씨 아저씨가 판근을 불러세웠다.

"잠깐 기다려라."

그러고는 학교 사택 쪽으로 뛰어가더니 잠시 후 심하게 헐떡이며 돌아왔다.

"너를 집에까지 데려다주고 싶다만, 나는 학교에 매인 몸 아니냐. 학교를 떠날 수가 없구나. 이거라도 가지고 밤길 조심해 가거라."

연씨 아저씨가 내민 것은 후레쉬였다. 아저씨가 밤에 학교를 순찰할 때 가지고 다니는 것이 분명한 후레쉬였다. 판근은 받을까 말까 망설였다. 만일 판근이 받지 않는다면 판근의 밤길이 무서워질 것이고, 받는다면 연씨 아저씨의 밤길이 무서워질 것이었다.

"어여 받아. 팔 떨어진다."

판근은 주춤주춤 연씨 아저씨가 내민 후레쉬를 받아들었

다. 판근이 후레쉬를 받아들자 연씨 아저씨는 볼일 다 봤다는 듯 뒤돌아서서 사택 쪽으로 휘적휘적 걸어갔다. 판근은 그런 연씨 아저씨를 다급하게 불렀다.

"아저씨!"

연씨 아저씨가 가던 길을 멈추고 고개만 돌린 채 말했다.

"뭐냐?"

"고마워요. 그리고 미안해요."

판근은 도망치듯 그 자리를 떠나 집까지 뛰었다. 집에 거의 도착했을 때에야 판근은 손에 든 후레쉬를 켜지 않았다는 것을 알았다. 그래도 판근은 하나도 무섭지 않았다. 엄마가 다음과 같은 고함으로 판근의 늦은 귀가에 대해 훈계하기 전까지는.

"뭐 하다 이제야 기어들어와? 한 번만 더 늦게 오면 다리몽둥이를 분질러서 영도다리 밑 네 친엄마한테 데려다줄 줄 알아. 알았어?"

산기슭의 굶주린 하이에나처럼 돈을 찾아 헤매던 판근의 눈앞에 갑자기 뭉칫돈이 나타났다. 그것은 어이없게도 엄마가 녹슨 가위, 도막 난 전선, 구멍 난 장갑, 색색의 실구리와 골무 등 잡동사니를 넣어두는 가방 안에 있었다. 그 가방은 아버지와 엄마가 쓰는 건넌방 벽에 박혀 있는 검은 대못에 여봐란 듯 사시사철 떡하니 걸려 있는 것이었다. 판근은 그 가방을 왜 이제야 뒤져봤을까 무릎을 쳤다. 그리고 곧이어 지금이라도 뒤져볼 생각을 하다니 얼마나 다행한 일이냐며 가슴을 쓸었다. 그러나 뭉칫돈에서 지폐 한 장을 꺼내려던 판근은 망설이지 않을 수 없었다. 판근이 빼내려던 지폐는 오천 원짜리였다. 일 년에 한 번 먹을까 말까 한 자장면이 열 그릇, 너무 큰 액수였다. 그보다 더 큰 문제는 그것이 엄마의 월급이라는 것이었다. 그것은 판근의 엄마가 눈이 튀어나오고 손가락이 뒤틀릴 것 같은 고통을 참아가면서 한 달 내내 가발을 떠서 번 돈이었다. 또한 그것은 오줌을 참느라 오줌소태가 나고, 하도 앉아만 있어서 엉덩이에 굳은살이 박이고, 요추의 4번과 5번 뼈가 신경을 눌러 허리와 다리를 동시에 저리고 아프게 만들고, 물에 만 밥을 급하게 먹느라 위염에 걸리고, 어깨와 목에 거대한 북극곰 세 마리쯤이 올라가 있는 듯한 육체적 고통을 참아낸 대가였다. 게다가 그것은 일을 마치고 돌아온 엄마가 텅 빈 밥통을 바라보며 눈물짓게 만든 것이었고, 개판으로 어질러진 방을 보고 할머니에게 무례하게 대들게 만든 것이었고, 술 먹고 놀다가 늦게 들어온 주제에 또 먹을 것을 찾는 아버지에게 고함을 지르게 만든 것이었으며, 밤늦도록 자지 않고 TV만 쳐다보고 있던 판근에게 욕을 하게 만든 것이었다. 한마디로 그것은 엄마의 땀과 눈물이요, 육체적 고통과 정신적 스트레스의 결정체이자 그에 대한 보상이었다. 판근이 이 모든 것을 다 헤아려 안 것은 아니었지만, 막연하게나마 엄마가 고생해서 번 돈이라는 것은 알았다. 그래서 선뜻 돈뭉치에서 지폐를 꺼내지 못하고 고민했다. 훔칠까 말까. 그 순간 판근이 한 고민이 운명을 건 햄릿의 고민에 비할 바가 아니라고는 감히 말하지 못할 것이다. 아주 짧은 순간이었지만 판근에게는 마치 몇억 광년이 지난 것만 같았다.

결국 판근은 돈을 훔쳤다. 돈뭉치에서 꺼낸 오천 원짜리 지폐 한 장을 주머니에 쑤셔 넣는 동안 판근은 생각했다.

'이건 훔치는 게 아니야. 그냥 빌리는 거지. 내가 크면 다 갚을 거야. 삐에르를 만나서 훌륭한 드자이너가 되면 이 돈의 백 배, 천 배, 만 배로 갚을 거야. 궁전 같은 집에서 귀부인처럼 살게 해줄 거야. 호강시켜줄 거야. 그러니까 엄마에게도 손해 보는 장사는 아닌 거지. 이건 누이 좋고 매부 좋은 일이야.'

방을 빠져나온 판근의 등이 땀으로 펑 젖었다. 주머니에

급히 구겨 넣은 돈을 만지작거리는 판근의 손바닥에도 땀이 났다. 그리고 어쩐지 판근은 마구 울고 싶었다.

그토록 바라고 바라던 삐에르와의 만남을 드디어 이룰 수 있다는 희망과 돈을 훔쳤다는 죄책감 사이에서 천국과 지옥을 오가던 판근의 번민은 며칠도 못 가 참으로 어이없게 끝나고 말았다. 어이없었지만 참으로 슬픈 막장이었다. 결론부터 말하자면 판근의 꿈은 좌절됐다. 그리고 남겨진 것은 온몸에 새겨진 멍과 울분뿐이었다.

판근의 범행은 학교 앞 구멍가게 주인과 교사, 학부모 간의 견고한 공조 속에서 신속하게 발각되고 처리되었다. 무려 오천 원짜리 지폐를 잔돈으로 바꾸기 위해 학교 앞 구멍가게를 찾은 판근은 필요도 없는 물건들을 이것저것 많이도 사려 했다. 캐러멜, 풍선껌, 건빵, 라면땅, 눈깔사탕, 보름달빵 등 이것저것 닥치는 대로 골랐지만 오천 원의 반도 쓰지 못할 것 같았다. 판근은 무엇을 더 살까 고민하다가 딱지와 종이인형을 고른 물건들 위에 얹었다. 그리고 새총을 만들 노란 고무줄과 더불어 검은 고무줄도 골랐다. 종이인형과 검은 고무줄은 반 여자아이들에게 줄 생각이었다. 그동안 장난으로 끊어버린 그 애들의 고무줄에 대한 보상이었다. 이 정도면 되겠다 여긴 판근이 구멍가게 주인 할머니에게 당당히 오천 원짜리 지폐를 내밀었다. 그것은 판근의 마음처럼 꼬깃꼬깃 구겨져 있었는데, 아까 판근이 물건을 고를 때부터 눈을 세모꼴로 뜨고 서서 판근이 하는 양을 짯짯이 지켜보던 주인 할머니가 돈을 받으며 날카롭게 물었다.

"이거 훔친 거 아니지?"

판근은 뜨끔했지만, 침착해야 한다고 생각했다. 판근은 양손을 내저으며 펄펄 뛰었다.

"아니에요, 절대 아니에요. 절 뭘로 보시는 거예요? 전 도둑놈이 아니라고요. 이래 봬도 안동 김씨, 뼈대 있는 양반 가문의 삼대독자인데 제가 그런 짓을 하겠어요?"

그것이 주인 할머니의 의심을 부추겼다. 할머니는 팔짱을 끼고 판근을 쩨려보며 말했다.

"그럼 이 돈은 어디서 난 거냐?"

판근은 순간 말문이 막혔다.

"말 못하는 걸 보니 훔친 게 분명하구나."

아아, 주인 할머니는 명탐정 홈즈의 흉내를 내려 하는구나. 침착해야 해. 판근은 저도 모르게 바지 솔기에 땀에 젖은 손바닥을 문질렀다. 그리고 눈을 감고 소리쳤다.

"엄마가 줬어요. 가발공장에서 월급 받아서."

"뭐어? 공장이라고? 가발공장이라고? 예끼 이 녀석, 거짓말 말아라. 내 여지껏 살면서 이 근방 사방 십 리에 공장 있단 소리는 들어보지도 못했다."

"있어요. 우리 동네에 있어요. 거짓말 아니에요."

판근은 억울하다는 듯이 가슴을 쾅쾅 두드렸다.

"이 녀석이, 도둑질에 거짓말에 너 커서 뭐가 되려고 그러냐? 안 되겠다. 이 돈은 못 받는다. 나는 평생 구린 돈을 만지고 살았지만, 돈에도 격이 있다. 너 같이 거짓말하고 도둑질하는 녀석의 돈은 다발로 갖다 줘도 안 받는다. 그리고 나는 머리에 피도 안 마른 녀석이 벌써부터 못된 송아지같이 엉덩이에 뿔난 짓을 하면 당장에 혼구멍을 내줘야 직성이 풀린다. 어서 네 담임 선생님한테 가자."

주인 할머니가 말을 끝내기도 전에 판근의 귀를 야무지게 움켜쥐는 바람에 판근은 그대로 덫에 걸린 쥐 꼴이 되고 말았다. 그 상태로 교무실까지 질질 끌려가다시피 한 판근은 너무 두려워 울음도 나오지 않았다. 호시탐탐 도망갈 기회를 노렸지만, 노련한 사냥꾼 같은 주인 할머니는 그럴 틈을 주지 않았다. 결국 담임 선생님 앞에 서게 된 판근은 전략을 바꾸어 선생님을 어떻게 속일까 생각하기 시작했다.

구멍가게 주인 할머니에게 판근을 인계받은 담임 선생님은 할머니에게 90도로 인사했다.

"제가 잘 타이르겠습니다. 심려를 끼쳐드려 죄송합니다."

"타이르는 것으로는 안 돼요. 아주 단단히 혼쭐을 내야 다시는 그런 짓을 못 하지."

"네, 아주 단단히 혼쭐을 내겠습니다."

"그럼 부탁하리다. 예로부터 교육은 백년지대계라 했어요. 우리 어른들이 아이들을 잘 가르쳐야지 이 나라가 잘 굴러가는 게야. 저렇게 못된 행실은 아주 초장에 싹을 잘라놔야 한다고."

"네네, 지당하신 말씀입니다."

"그럼 선생님만 믿고 나는 가요."

"네, 안녕히 가십시오."

담임 선생님이 할머니와 이야기하는 동안 판근은 어떻게 이 위기에서 벗어날까를 고민하느라 머리가 바빴다. 그러나 아무리 생각해도 뾰족한 방법이 떠오르지 않았다. 판근은 무작정 우기기로 했다. 우기는 데 장사 없다고 아버지가 말했었다. 이 역시 인생을 살아가는 데 금과옥조로 여겨야 할 말이라고 했다. 판근은 마음을 굳게 먹었다. 그런데 구멍가게 주인 할머니에게 인사를 마치고 돌아온 담임 선생님은 너무도 싱거운 한마디만을 판근에게 던진 후 주섬주섬 가방을 꾸렸다.

"가봐."

"네?"

판근은 당황스러웠다.

"가보라고."

"진짜 가요?"

"그래."

"왜요?"

"퇴근시간 지났다."

"아."

판근은 쭈뼛쭈뼛 돌아섰다. 담임 선생님이 당장이라도 뒷덜미를 잡아당길 것 같아 몇 번씩이나 뒤돌아봤지만 담임 선생님은 묵묵히 가방만 챙길 뿐이었다. 판근은 아무래도 이상했다. 그래서 다시 담임 선생님에게 돌아갔다.

"선생님."

"왜."

"저 안 혼내세요?"

"안 혼낸다."

"왜요?"

"나 전근 간다. 군대로 치면 말년 병장이란 말이다. 떨어지는 낙엽도 조심해야 한다는 뜻이다."

"어디로 가시는데요?"

"큰 도시로 간다."

"와!"

"너도 나중에 큰 도시로 가려면 공부 열심히 해라. 도둑질 같은 건 하지 말고."

"네."

"그런데 돈은 왜 훔친 거냐?"

"읍내 가려고요. 런던라사에 가서 삐에르를 만나야 해요. 제 꿈이 드자이너가 되는 거거든요. 삐에르는 드자이너예요."

"음, 아주 좋은 생각이다. 아주 진취적인 생각이야. 그렇지만 돈을 훔치는 건 나쁜 거다. 방법이 나쁘면 결과가 아무리 좋아도 나쁜 거다. 네가 훔친 돈을 바탕으로 장차 훌륭한 디자이너가 되어도 너는 도둑놈인 거다. 이렇게 도둑질이나 해서 장차 훌륭한 디자이너가 될지도 의심스럽다만."

"선생님."

"왜."

"저 돈 훔친 거 아니에요. 엄마가 준 거예요. 진짜예요. 가발공장은 우리 동네에 있어요. 겨울에는 우리 동네 아줌마들 모두 거기 가서 일해요. 상미네 집에."

"알았다."

"그런데 선생님."

"왜."

"선생님 전근 가시는 거 비밀이에요?"

"꼭 그런 건 아니지만 내가 말할 때까지는 말하지 말았으면 좋겠구나."

"왜요?"

"그건 의리와 관계 있기 때문이지."

"선생님."

"왜."

"마지막으로 질문 하나 더 해도 돼요?"

"뭐냐?"

"드자이너랑 디자이너랑 같은 말이에요?"

"다른 말이다."

"뭐가 달라요?"

"드자이너는 틀린 말이고 디자이너는 맞는 말이다."

"하지만 삐에르가 드자이너라고 했단 말이에요. 자기가 드자이너라면서."

"앞으로는 돈을 훔치면서까지 삐에르를 만나려고 하지 말아라. 그 자는 겉멋이 들었다. 뭐, 그렇게 해서라도 굳이 만나야겠다면 그건 네 자유지만."

판근은 매우 헛갈렸다. 드자이너와 디자이너 사이에서. 삐에르와 담임 선생님 사이에서. 맞는 것과 틀린 것 사이에서. 겉멋과 무관심 사이에서. 존경과 의리 사이에서. 그리고 삐에르를 만나라는 것인지 만나지 말라는 것인지도. 갑자기 판근에게 주어진 자유의 무게가 너무나 무거워지는 느낌이었다.

"더 할 말 있냐?"

"아니요."

"그럼 가봐라."

판근은 삐에르에 대하여, 삐에르의 드자이너에 대하여, 삐에르의 겉멋에 대하여 궁금한 게 많았지만 담임 선생님의 얼굴에 뭐가 대단히 귀찮은 것 같은 표정이 어리는 듯하여 꾸벅 인사하고 돌아섰다.

역시, 담임 선생님을 믿는 게 아니었다. 판근은 집에 들어서자마자 엄마가 휘두르는 빗자루에 일격을 당했다. 다짜고짜 날아든 매였으므로 피할 겨를이 없었다. 판근이 너무 아파 도망도 못 가고 우는 틈을 타 몸 여기저기로 매가 떨어졌다. 판근은 기가 막히고 억울해서 소리쳤다.

"왜 때려? 왜 죄도 없는 나를 때리는 건데?"

우뚝 매가 멎었다. 그리고 엄마의 고함이 쏟아졌다.

"뭐? 죄가 없어? 죄가 없다고? 도둑질이 죄가 아니면 도대체 뭐가 죄란 말이냐? 도둑질한 네가 죄가 없으면, 그럼 도둑맞은 내가 죄인이냐? 아이고, 설마 설마 했더니만 내가 같은 처마 밑에서 도둑놈을 길렀어. 내가 네 담임 선생님한테 전화 받고 얼마나 창피했는 줄 알아? 이제 이장 아저씨도 알았으니 동네방네 소문 다 났다. 우리 식구 모두 창피해서 어떻게 고개를 들고 다니겠니? 너 때문에 동네 창피해서 가발 부업도 못 하게 생겼잖아."

그리고 다시 맞았다. 죽기 직전까지. 판근은 그 와중에 울면서 생각했다.

'역시 담임은 의리가 없어. 담임의 말은 모두 다 뻥이야. 드자이너는 틀린 말이고 디자이너가 맞는 말이라고? 그것도 뻥이야. 삐에르가 겉멋이 들었다고? 그것도 뻥이야. 방법이 나쁘면 결과가 아무리 좋아도 나쁜 거라고? 그것도 뻥이야. 담임 말은 죄다 뻥이야. 담임이야말로 제일 나빠. 세상에서 제일, 아주 제일, 아주 아주 제일 나빠.'

"대담한 새끼, 어떻게 오천 원이나 훔칠 생각을 했냐?"
영득이 와서 불난 집에 부채질을 하고 있었다. 판근은 아무 말도 하지 않았다.
"의리 없는 새끼, 어떻게 그 돈을 너 혼자 쓸 생각을 했냐? 나는 너한테 자장면도 사주고 읍내도 같이 갔는데, 그럴 수가 있냐?"
판근은 이번에는 대답을 했다. 어쩔 수 없는 상황 때문에 계획에 차질이 생기긴 했어도 판근은 기본적으로 의리 없는 사람은 아니었다.
"나도 너한테 자장면도 사주고 읍내도 같이 가려고 했어."
"진짜?"
"그래."
영득은 한숨을 쉬었다.
"다 뺏겼지?"
"응."
"그러니까 나처럼 머리를 써야지. 먼저 며칠에 한 번씩

티 안 나게 동전을 한 개씩 훔친 다음에 마지막으로 딱 천 원만 훔치면 문방구에서 잔돈 안 바꿔도 되잖아. 그럼 걸려도 매만 맞고 뺏기진 않잖아."

"너 그 돈 훔친 거였어?"

"그럼 내가 돈이 어디서 났겠냐?"

"걸렸어?"

"걸렸지."

"맞았어?"

"맞았지."

"아팠어?"

"아팠지."

"나는 우리 담임이 제일 밉다. 너는 누가 제일 미웠냐?"

"나는 미운 사람 없었어. 내가 잘못한 거니까."

"나는 우리 담임이 엄마한테 일러서 걸렸어. 너는 어떻게 걸렸냐?"

"그냥 걸렸어. 우리 엄마는 뭐든 다 아니까."

"돈이 한 뭉치나 있었어. 한 장쯤 빼내도 티도 안 나. 귀신도 모를 일이었는데, 우리 담임 때문에 다 망친 거야."

"그런데 말이야, 우리 엄마가 그러는데 돈은 아무리 많아도 없어지면 금방 안대."

"에이, 어떻게 알아? 그렇게나 많은데."

"글쎄, 어른들은 돈에 뭔가 표시를 해놓는 거 아닐까? 어쩌면 우리가 재수 없게 그 표시된 돈을 훔친 걸지도 모르지."

"그럴까? 하긴, 문방구 할머니가 내 돈을 보자마자 이 돈 훔친 거냐고 했어. 그때 자장면집 아저씨도 네 돈을 보고 그랬잖아."

"그래, 맞아. 나는 그때 너무 놀라서 자장면도 제대로 못 먹었어."

"아무리 그래도 그렇지. 우리 담임은 아주 나빠. 혼내지 않겠다더니 엄마한테 이르다니. 완전히 겉 다르고 속 다르다니까."

"선생들은 원래 그래. 교과서를 너무 많이 봐서 그래."

판근은 영득을 다시 한번 형님이라 부르고 싶어졌다. 영득은 의리가 있고 영리하며 남을 위로할 줄 아는 애였다. 충분히 형님이라 불릴 자격이 있었다. 그렇지만 영득을 형님이라 부르기엔 학년이 한 학년이나 높은 판근의 자존심이 상했다. 그래서 판근은 영득을 형님이라 부르는 대신 영득의 손을 꼭 잡았다. 영득이 깜짝 놀라 손을 **빼며** 말했다.

"징그러운 새끼, 손은 왜 잡고 난리냐? 쪽팔리게."

전화위복

크고 환한 달이 검푸른 밤하늘을 가로지르며 은총처럼 금빛 가루를 세상에 흩뿌리는 정월 대보름 하루 전, 판근은 동네 아이들과 함께 밥을 훔치러 남의 집 부엌으로 살금살금 기어들어갔다. 대보름 풍속이었고, 어차피 어른들과 짜고 치는 고스톱이었지만 밥을 훔치는 장면을 절대 들키지 말아야 한다는 점에서 여느 도둑질과 다르지 않은 긴장감이 있었다. 오래전부터 내려온 풍습이고, 그냥 그렇다니까 그런 줄로 알고 있을 뿐, 절대 들키지 말아야 할 이유를 알 길 없는 판근은 나름대로 그 이유에 대해 생각해보았다. 그 생각은 판근 자신이 생각하기에도 조금은 터무니없게 느껴졌지만 또 한편으로는 일견 타당성이 있어 보이기도 했는데, 그 생각이란 바로 이런 것이었다.

정월 대보름 전날인 작은대보름 저녁은 귀신들의 세상이

다. 행여 인간의 눈에 띌세라 그동안 캄캄한 곳에서 숨죽이던 귀신을 긍휼히 여긴 인간들이 이날 하루만큼은 초저녁부터 마음껏 놀아보라고 귀신에게 시간을 내어준 날이기 때문이다. 그래서 인간들은 이제 막 기지개를 켜고 제대로 놀아보려 하는 귀신 앞에 감히 인간의 몸으로 나타남으로써 그들의 흥을 꺾어버리는 무례를 범하지 않기 위해 이른 저녁을 먹고 일찍 잠자리에 든다. 자칫하면 비로소 제 세상을 만난 귀신을 노엽게 할 수 있기 때문에 이날 저녁이 되면 인간들은 귀신의 눈에 띄지 않기 위해 숨소리마저 삼가는 것이다. 그러나 모두가 지키기로 한 약속을 깨고 독불장군처럼 제멋대로 행동하는 사람은 어디에나 있는 법. 하필이면 판근이네가 밥을 훔치러 간 집에 물색없이 제 잘난 맛으로 사는 사람이 있을지도 모르는 일이었다. 그 사람은 분명 이른 저녁을 먹을 때 마신 숭늉으로 인해 오줌이 마려워지면 작은대보름 밤의 금기 따위 아랑곳하지 않고 요란한 몸짓으로 괴춤을 풀며 뒷간으로 갈 것이다. 그러다가 부엌문을 **빼꼼히** 열고 밥을 훔쳐 나오는 판근의 패거리와 맞닥뜨리게 된다. 그가 아무리 독불장군이라 해도 마음 한구석에는 공동의 믿음에 대한 두려움이 있어서, 불시에 판근이네 패거리들과 마주친 그는 그들을 귀신으로 착각하여 놀라 자빠지고 만다. 그리고 바지를 누렇고 냄새나는 오줌으로 흥건히 적신 채 고래고래 소리를 지른다. 작은대보름의 금기를 깨고 괜한 소동을 벌여 귀신을 놀라게 한 이 사람은 마침내 귀신의 노여움을 사게 될 것이고, 그 벌로 시도 때도 없이 바지에 오줌을 지릴 것이다. 이른바 '귀신 붙은 사람'이 되어 매일매일 헛것을 보고 공포에 사로잡히는 것이다. 그렇게 되면 작은대보름날 가족들의 무사 무탈을 기원하며 동네 아이들이 훔쳐 갈 밥을 부뚜막에 정성스레 차려 놓은 마음씨 좋은 안주인은 선심을 쓴 보람도 없이 판근이네 패거리들로 인해 귀신의 저주를 받은 바깥양반의 젖은 바지를 날마다 빨아대야 하는 고생길로 접어드는 불상사를 맞이할 수도 있다. 그러면 작은대보름날 밥을 훔치다 들킨 판근과 그 일당들은 매일매일 빨랫줄에 걸려 망해버린 왕조의 깃발처럼 펄럭이는 바지를 볼 때마다 심한 죄책감에 시달릴 것이었다.

"야, 뭐해. 빨리 바가지 대."

패거리 중 가장 키가 크고 힘이 센 상준이 부엌의 캄캄한 어둠 속에서 판근의 어깨를 툭 치며 말했다. 판근이 안고 있던 커다란 바가지를 내밀자 상준은 부뚜막에 놓여 있던 밥과 나물들을 한꺼번에 쏟아 넣었다.

"이러면 다 섞이잖아."

"뭐 어때. 어차피 비벼 먹을 건데."

"아, 그렇지."

"다 됐어. 빨리 가자."

상준이 어두운 부엌을 더듬으며 앞장섰다. 판근은 훔친 밥이 든 바가지를 꼭 껴안고 더듬더듬 상준을 뒤따랐다. 몇 발짝 되지 않는 그 길이 판근에게는 우산도 없이 비를 맞고 걸어오는 하굣길만큼이나 멀게만 느껴졌다.

청맹과니처럼 더듬으며 이윽고 부엌문에 다다랐을 때였다. 판근은 하마터면 기함해 뒤로 넘어갈 뻔했다. 앞장선 상준이 부엌문을 소리 나지 않게 밀고 막 나가려는 순간, 천장에서 쥐 한 마리가 판근의 머리 위로 뚝 떨어진 것이었다. 판근은 대경실색하여 손에 든 바가지를 놓치고 고함을 지르며 울고불고 할 수도 있었으나 다행인지 불행인지 너무 놀란 나머지 온몸이 얼어붙고 숨이 막혀 꼼짝할 수 없었다.

영원과도 같은 아득한 시간이 순식간에 지나가고, 판근이 비로소 정신을 차리고 깊은 숨을 내쉬었을 때, 야속하게도 상준은 이 사실을 아는지 모르는지 열린 부엌문 틈 사이로 벌써 빠져나가고 없었다.

달이 높이 떠오를수록 밤의 사물들은 더욱 단단해졌다. 길은 얼음 낀 강물처럼 하얗게 떠올랐고, 그 위로 비치는 그림자는 숯으로 그린 듯 까맸다. 불탄 논둑 밭둑 또한 검은 털을 뒤집어쓴 야차처럼 시커멓게 웅크리고 있었다. 그 위를 판근이네가 하얀 입김을 뿜으며 기어 내려갔다. 집으로 고추장을 가지러 간 영득을 빼고 일행은 모두 아홉 명이었다. 수적으로 한참 열세이긴 했으나 이들 모두는 알리바바와 40인의 도둑들처럼 위풍당당했다.

"그때 팔뚝만 한 쥐 한 마리가 내 머리 위로 뚝 떨어지는 거야. 얼마나 놀랐는지 염통이 쪼그라드는 줄 알았다니까. 내가 용감한 사나이였으니 망정이지 안 그랬으면 온 동네 귀신을 다 놀래켰을 거야. 그 와중에도 나는 입을 꾹 다물고 소리 내지 않으려 얼마나 노력했다고. 초인적인 힘을 발휘했지."

판근이 밥이 든 바가지를 논바닥에 내려놓고 손짓 발짓을 섞어가며 그날의 무용담을 얘기하자 아이들이 탄성을 올렸다. 우쭐해진 판근이 기세 좋게 다음 말을 막 이으려는 찰나 논바닥에 불을 피우던 상준이 씹어뱉듯 한마디 했다.

"새끼, 뻥치고 자빠졌네."

아까부터 내내 뭔가 억울한 듯하여 상준에게 좋지 않은

감정을 품고 있던 판근의 눈썹이 위로 치켜 올라갔다. 그러고는 이내 생각지도 못했던 말이 툭 튀어나왔다.

"흥, 비겁하게 혼자 도망간 주제에!"

이 말을 듣고 아이들이 깔깔거리고 웃었다. 판근도 아이들을 돌아보며 웃었다. 그러나 판근은 곧 후회했다. 상준이 판근의 멱살을 야무지게 틀어쥐었던 것이다. 순식간에 컥 숨이 막힌 판근은 아까 쥐가 머리 위로 떨어졌을 때와는 다른 종류의 두려움을 느꼈다. 이제 곧 우주가 눈앞에서 빅뱅을 일으키며 무수한 별들의 파편을 분출할 것이었다. 그때 울음을 터뜨리며 나약한 모습을 보인다면 아이들에게 영영 놀림감이 되고 말 터였다. 그렇다고 웬만한 장정 저리 가라 할 만큼 힘이 센 상준에게 덤빌 수도 없는 노릇이었다. 괜히 덤볐다간 뼈도 못 추릴 것이 자명했다. 또 그렇다고 상준에게 잘못했다고 싹싹 빌기에는 자존심이 너무 상했다. 이러지도 저러지도 못하고 상준의 억센 주먹에 사로잡혀 있는 판근은 한 줄기 가련한 바람 앞의 등불이었다.

"야, 너희들 뭐해."

눈을 질끈 감고 운명이 흘러가는 대로 몸을 맡기고 있던 판근의 귀에 천사의 입김과도 같은 따뜻한 음성이 들려왔다. 영득이었다. 집에서 고추장을 퍼 온 영득이 한 손에는 고추장 그릇을 한 손에는 구멍 뚫린 빈 깡통을 들고 무림의 고수처럼 우뚝 서 있었다.

"하여간 이 새끼는 오늘 같은 날까지 싸움질이야. 너는 하루라도 안 싸우면 주먹이 우냐?"

영득이 다가와 들고 있던 깡통으로 상준의 머리를 가볍게 내리쳤다.

"너 이 새끼, 운 좋은 줄 알아."

상준이 멱살을 잡았던 손을 풀며 판근을 향해 낮게 으르렁거렸다.

"새끼, 너나 운 좋은 줄 알아라."

다시 한번 영득이 깡통으로 상준의 머리를 때렸다. 상준은 깡통으로 맞은 머리를 몇 번 어루만졌을 뿐, 쓰다 달다 말 한마디가 없었다. 판근 또한 괜히 겸연쩍어져서 큼큼 헛기침을 했다. 눈사람처럼 부동자세로 얼어 있던 아이들도 그제야 마음이 놓인 듯 하얀 입김을 저마다 공중에 흩어놓았다.

자연계에는 천적이 존재하고 그에 따라 자연스럽게 먹이사슬이 형성된다. 먹고 먹히는 비정한 자연의 질서가 판근네에도 적용되었는데, '힘의 우위'라는 메커니즘이 인간 이

성에 의해 발생한 사회문화적인 산물에 의거해 인공적으로 적용된다는 점에서 판근네의 그것은 자연의 그것과 완벽하게 일치하지는 않았다.

힘만으로 따진다면 판근네에서 가장 으뜸은 역시 상준이었다. 그런 그가 힘에 있어서 나약하기 그지없는 판근에게조차 얻어맞고 훌쩍거리는 영득에게 꼼짝 못하는 이유는 영득이 그의 오촌당숙이기 때문이었다. 동갑내기 당숙으로서 지금보다 더 어렸을 때는 영득도 상준에게 쉼 없이 얻어맞았다. 그러나 집안 어른들의 추상과도 같은 비호로 말미암아 영득의 지위는 나날이 높아져서 힘으로 치자면 삼손 찜쪄먹을 상준이라도 감히 영득을 어쩌지 못하는 지경에 이르고 말았다.

꼬마당숙 영득의 등장으로 상준에게 얻어맞고 망신당할 위기에서 극적으로 벗어났으나 판근은 왠지 모르게 슬픈 생각이 들었다. 영득에게 깡통으로 얻어맞고 쪼그려 앉아 불을 피우는 상준의 등이 적장에게 능욕을 당하고도 살아남은 잔혹한 장수의 뒷모습 같아 눈물이 나올 것 같았다. 눈물을 참고 있으려니 어이없게도 판근의 마음에 미안한 감정이 차오르기 시작했다. 그래서 판근은 상준에게 다가가 상준의 등을 어루만지며 속삭이듯 말했다.

"괜찮아?"

등이 잠깐 움찔하는가 싶더니 상준이 고개도 들지 않고 간담이 서늘해지는 한 마디를 내뱉었다.

"꺼져!"

판근은 상준의 서슬에 주인에게 걷어차인 개처럼 꼬리를 사렸다. 그러나 판근은 상준의 곁을 물러나오면서 상준의 눈가에 눈물이 맺혀 있는 것을 분명히 보았다고 생각했다. 그리고 그 눈물은 불을 피울 때 마신 연기가 너무 매워서 그런 건 아닐 거라고 생각했다. 그러니 상준이 자신에게 범한 무례를 너그러이 용서해주자고 다짐했다.

"이게 뭐야!"

불가에 앉아 훔쳐 온 밥에 고추장을 넣으려던 영득이 소리를 질렀다.

"왜? 뭐가?"

아이들이 고개를 빼고 영득이 들고 있는 바가지를 쳐다보았다.

"여기 재가 잔뜩 들어갔잖아."

판근이 바가지를 빼앗아 들고 살펴보니 과연 거뭇거뭇한 것이 밥 위에 잔뜩 얹혀 있었다.

"나물이겠지."

"아냐. 이것 봐. 손에 시커멓게 묻어나잖아."

"그러네."

"이거 누가 들고 있었어?"

"그냥 바닥에 있었는데."

"처음에 들고 있던 사람이 있었을 거 아냐."

판근은 심장이 쿵쿵 뛰었다. 밥을 훔칠 때부터 이곳에 왔을 때까지 밥이 든 바가지를 내내 판근이 들고 있었다.

'그런데 왜 바가지가 바닥에 놓여 있었던 거지? 아, 상준이 때문이었구나. 그런데 상준이가 멱살 잡은 게 먼저였나, 내가 바가지를 내려놓은 게 먼저였나? 바가지를 내려놓았다고 재가 들어가나? 누가 일부러 뿌린 게 아닐까? 그렇다면 누가? 상준이가? 아냐, 상준이는 내내 불을 피우고 있었는걸. 그렇다면 누가 그랬지? 아아, 위기다. 제발 아무도 기억하지 못하기를. 설사 기억한다 하더라도 아무도 말하지 말기를.'

판근의 머릿속에서 생각들이 롤러코스터를 탔다. 순식간에 그 많은 생각을 한꺼번에 할 수 있다는 사실에 놀랄 겨를도 없이 위기를 모면할 좋은 생각이 판근의 복잡한 뇌리를 섬광처럼 스치고 지나갔다. 그리고 잠시 망설일 사이도 없이 판근의 입에서 말이 튀어나왔다.

"야, 위에 것만 걷어내고 먹자."

"그래. 그러지 뭐."

영득은 판근이 내놓은 해결책을 즉각 받아들였다. 꼬마당숙의 지위에 걸맞는 신속하고 현명한 판단이었다. 판근은 영득이 스스로 획득한 지위는 아니었으나 그가 꼬마당숙의 자격이 있다고 생각했다. 판근은 홀로 감격에 겨워 영득의 목에 팔을 두르고 말했다.

"대범한 새끼."

영득은 자신의 목에 두른 판근의 팔을 풀었다. 그리고 자신의 곁에 둘러서 있는 아이들을 향해 말했다.

"그런데 바가지 누가 들고 있었어?"

"음흉한 새끼, 왜 너라고 얘기 안했어?"

"진짜 생각이 안 났어."

"그게 말이 돼?"

"진짜 생각이 안 났대도. 진짜야."

"뻥치지 마. 넌 처음부터 다 알고 있었어. 그렇지?"

"진짜 아니래도. 난 상준이랑 싸우느라고 정신이 하나도 없었어. 그래서 생각이 안 났단 말이야."

판근은 말을 할수록 자신이 점점 초라해지고 있다는 생각이 들었다. 둘러선 아이들도 자신을 비웃고 있는 것 같았다. 아까 무용담을 들을 때는 영웅인 것처럼 떠받들더니 이제 와서 촉새처럼 일러바치고는 자신을 한껏 비웃는 아이들이 얄미웠다. 특히 대범한 척해놓고 사람 뒤통수를 치는 영득이 제일 미웠다.

"네가 우리 대장이야? 네가 뭔데 나한테 이러는데?"

"내가 고추장 가져왔잖아. 그리고 재를 제일 먼저 발견한 것도 나고."

"유치한 새끼."

"넌 더 유치해."

"이까짓 거 안 먹는다. 너희들끼리 실컷 처먹고 배 터져 뒈져버려라."

판근은 씩씩거리며 그 자리를 빠져나왔다. 분하고 화가 났다. 너무너무 창피했다. 너무너무 창피해서 분하고 화가 났다. 분하고 화가 나니 더욱더 창피해졌다. 창피하면 창피할수록 자꾸자꾸 분하고 화가 났다. 판근은 불탄 논둑을 걸으며 엉엉 울었다. 둥글고 환한 달이 판근의 뒤를 쫓았다. 판근은 달렸다. 달은 그래도 판근을 뒤쫓았다. 더 빨리 뛰었다. 이번에는 더 빨리 쫓아왔다. 판근은 울며 소리 지르며 달렸다.

"쪽팔려. 쪽팔려. 아 씨, 쪽팔려!"

계속 달리다 보니 어느새 방죽에 와 있었다. 판근은 방죽 둑에 주저앉았다. 너무 달려 심장이 밖으로 빠져나온 듯 자신의 심장 뛰는 소리가 바로 귓가에서 들리는 것 같았다. 울면서 달리느라 볼도 무척 시렸다. 판근은 옷소매로 흐르는 눈물을 닦았다. 귀신도 즐거워 춤을 춘다는 작은대보름에 이런 일이 닥칠 줄은 정말 몰랐다. 밥을 훔칠 때부터 아이들의 비웃음에 떠밀려 쫓겨날 때까지 수난이 끊이지 않았다. 평생에 걸쳐 겪어야 할 가혹한 운명의 장난을 오늘 저녁 동안 다 겪어낸 것 같았다. 판근은 피곤했고, 또 서러웠다. 눈물은 멈추지 않고 흘러내리고, 주저앉아 있는 땅바닥은 너무 차가웠다. 추워서 덜덜 떨면서 판근은 입술을 깨물었다.

정월 보름의 달이 꽁꽁 얼어붙은 방죽 위를 비추었다. 불을 켠 것처럼 환했다. 방죽 건너 논에서 아이들이 쥐불이 깡통을 돌리는 것이 보였다. 귀신이 우쭐우쭐 춤을 추는 것처럼 보였다. 멀리서 깡통 하나가 호를 그리며 날았다. 별똥별이 떨어지는 듯했다. 판근은 저도 모르게 나지막이 소원을 빌었다.

'드자이너가 되게 해 주세요.'

그때였다. 누군가 웅얼거리는 듯한 소리가 들렸다. 판근의 등줄기로 소름이 쫙 끼쳤다. 물귀신일지도 몰랐다. 해마다 방죽에 빠져 죽는 사람이 한둘씩은 꼭 있다고 했다. 이런 사람들은 제명에 죽은 것이 아니라서 반드시 원귀가 되어 사람들에게 복수한다고도 했다. 사람들이 여름에 방죽에서 수영을 하거나 꽁꽁 언 방죽 위를 걸어갈 때, 물 아래 숨어 있던 물귀신이 사람들의 발을 잡아당긴다는 것이다. 그래서 수영을 하거나 꽁꽁 언 방죽 위를 걷던 사람이 죽으면 물귀신은 비로소 원한을 씻고 저세상으로 간다고 했다. 사람들이 수영을 하거나 꽁꽁 언 방죽 위를 걷지 않아 복수할 기회가 찾아오지 않으면 귀신이 물 아래서 낑낑 운다고 했다. 그래서 귀 밝은 사람들은 그 소리를 듣고 방죽으로 가 귀신에게 해코지를 당한다고 했다. 어쩌면 지금 저 소리는 귀신이 판근을 부르는 소리인지도 몰랐다.

판근은 주먹을 부르쥐고 벌떡 일어섰다. 다시 심장이 미친 듯이 펄떡였다. 동공이 확장되고 근육이 팽팽히 긴장되었다. 전기에 감전된 듯 뒷목이 찌르르했다. 판근이 다시 달리기 위해 막 한 발짝을 떼려 할 때였다. 웅얼거리는 듯한 소리들 사이로 '삐에르'라는 단어가 날아와 판근의 귀에 쏙 박혔다. 그러고는 곧 코가 막힌 듯한 여자의 목소리가 들렸다. 그 소리는 '아잉'인 것도 같았고 '아양'인 것도 같았고 '아웅'인 것도 같았다. 판근은 저도 모르게 숨을 죽이고 소리 나는 쪽을 살펴보았다. 둑 위에는 아무도 없었다. 다만 판근처럼 숨죽인 달빛만이 교교히 빛나고 있을 뿐. 그렇다면 둑 아래쪽인 것 같았다. 낚시꾼들이 하루 종일 앉아 소주를 홀짝이며 참붕어 따위나 낚아 올리던 그 자리일 것이다. 판근은 발소리를 죽여 둑 아래쪽으로 내려갔다. 은밀히 적진을 파고들어 적장의 멱을 따는 전쟁영화의 주인공과도 같이 민첩하고 조심스러운 동작이었다.

과연 있었다. 서로 얼크러진 두 그림자. 판근의 가슴은 좀 전에 귀신의 소리를 들었을 때보다 더 세차게 뛰었다. 대낮 같은 달 아래서 둘의 몸짓은 은밀했다. 서로의 몸을 쓰다듬는 손길이 조심스러웠다. 맞붙은 입술이 뜨거웠다. 둘을 감싸고 있는 공기가 금방이라도 폭발할 것처럼 팽팽했다. 판근은 갑자기 오줌이 마려웠다.

꽁꽁 언 방죽을 온통 녹여버릴 듯 뜨거운 시간이 지나고 달빛 아래 둘의 모습이 훤히 드러났다. 순간 판근의 입에서

'아' 하는 탄성이 터져 나왔다. 그토록 만나고 싶어 했던 삐에르가 판근의 눈앞에 있었다. 그리고 복사꽃보다 더 예쁜 '조선 최고의 미녀' 복순이 누나가 삐에르와 나란히 앉아 하얀 이를 드러내며 웃고 있었다.

  달은 밝고, 멀미가 나는 듯 판근의 몸이 너울거렸다. 어느새 쥐불놀이하던 아이들도 모두 돌아간 듯 빈 들판은 적막했다. 그 위로 별들이 글썽글썽 쏟아질 듯하였다.

복순이 누나

복순이 누나.
절뚝이며 웃지 않는 조선 최고의 미녀.
그런 누나가, 웃었다.
정월 대보름의 달 아래에서, 달보다 더 환하게.

복순이 누나가 읍내에 있는 중학교에 다닐 때까지만 해도 그녀는 누구보다 잘 웃는 소녀였다. 누나의 미모는 2차 성징이 나타나고 여인다운 몸의 곡선이 형성되기도 훨씬 전부터 사람들의 주목을 끌었는데, 특히 또래의 까까머리 남자 중학생과 여드름투성이 남자 고등학생들의 시선을 한눈에 사로잡아버렸다. 누나가 교복을 입고 새침하게 서 있거나 어떤 생각엔가 빠져 있어 멍청히 있을 때 누나를 흘깃흘깃 훔쳐보는 이들의 심장은 두근두근 뛰었다. 그러다가 누나가 아는 사람을 만나 그들을 향해 활짝 웃어주거나 어떤 생각엔가 빠져 있다가 혼자서 조용히 미소를 지으면 이들의 심장은 손발이 저릿저릿해질 정도로 심하게 방망이질을 하였다. 그럴 리가 없는데도 그들은 복순이 누나가 자신들을 향해 웃어준 거라고 철석같이 믿으며 그날 하루를 행복한 기분에 젖어 지냈다. 그런 밤이면 그들은 뜨거운 열망으로 영락없이 팬티를 적시고는 식구들이 모두 잠든 한밤중에 남몰래 젖은 팬티를 빠느라 진땀을 빼곤 하였다.

복순이 누나를 보고 정신을 못 차리기는 나이 지긋한 어른들도 마찬가지였다. 학교가 파할 시간이 되면 학교 앞 서점, 문방구, 분식집, 구멍가게 주인들뿐 아니라 인근에 사는 노인들까지 교문 바로 아래에 위치한 '헌 가게' 평상 위에 둘러앉아 영원히 승부가 나지 않을 장기를 두고 있다가 복순이 누나가 친구들과 깔깔거리며 지나가는 것을 지켜보고 난 후에야 하나 둘 엉덩이를 털고 일어섰다. 모두들 아닌 척 점잖을 빼고는 있었으나 일어서서 엉덩이를 털 때에 나는 '스읍', '쩝쩝', '음냐' 이런 소리들은 그들이 각자 마음 속에 품은 음흉한 속생각을 여지없이 보여주는 것이었다.

헌 가게는 복순이 누나가 다니던 읍내 유일의 중학교가

개교할 때부터 교문 바로 아래에 문을 연 문방구였다. 헌 가게는 원래 '연이네 문방구'라는 번듯한 간판을 달고 있었는데, 졸업생의 회수가 높아짐에 따라 간판은 색이 바래고 주인은 늙어갔다. 그러던 어느 날 엎어지면 코 닿을 거리에 새로운 가게가 생겨남으로써 번듯하게 달린 간판과는 아무 상관없이 기존에 있던 '연이네 문방구'는 '헌 가게'가, 새로 생긴 가게는 '새 가게'가 되었다. 이 새 가게의 이름은 '연필과 노트'였는데, 이름과는 달리 정작 연필과 노트는 잘 팔리지 않고 튀김과 떡볶이가 많이 팔렸다. 이 가게는 마치 주인이 튀김과 떡볶이를 팔다가 명색이 가게 이름이 '연필과 노트'여서 양심상 연필과 노트도 팔아보려고 한 것 같은 기묘한 형태의 가게였는데, 먹을거리를 파는 가게에서 연필과 노트까지 파는 것을 보고 자극을 받았는지 이번에는 헌 가게에서 국수를 팔기 시작했다. 그러나 아이들의 입맛에는 역시 국수보다 튀김과 떡볶이가 더 맞는 것이어서 헌 가게에서는 연필과 노트가, 새 가게에서는 주전부리가 더 잘 팔렸다. 때문에 새 가게가 엎어지면 코 닿을 데에 문을 열었다 해도 헌 가게에 크게 타격을 입힌 것은 아니어서 두 가게 주인은 서로 얼굴 붉힐 일 없이 소 닭 보듯 그런대로 잘 지내온 터였다. 그러던 것이 복순이 누나의 등장과 함께 이 둘 사이의 틈이 서서히 벌어지기 시작했다.

 사건은 복순이 누나가 새 가게로 떡볶이를 먹으러 가면서 시작되었다. 복순이 누나가 이제 막 새로 사귄 친구들과 새 가게의 문을 열어젖힌 순간 새 가게의 주인은 자신도 모르게 귓불을 붉혔다. 새 가게 주인은 끈적이는 테이블에 둘러앉아 별것도 아닌 이야기에 눈물까지 흘리며 깔깔거리는 복순이 누나 일행에게 자꾸만 눈길이 갔다. 특히 유난히 시끄러운 아이들 틈에 끼어 유난히 예쁘게 웃는 아이가 새 가게 주인의 눈길을 자꾸만 붙잡았다. 보고 있어도 자꾸만 보고 싶은 아이였다. 그래서 자꾸만 보다가 튀김을 몇 개나 태워먹었다. 그러고는 급기야 튀어 오른 기름에 손을 데고야 말았다.

 "이 양반이 지금 정신을 어디다 팔고 있어? 떡볶이 2인분만 줘. 저것들은 4명이 와서 2인분만 시키고 지랄이야, 재수 없게. 떠들긴 또 왜 저렇게 떠들어, 매너 없이."

 물론 손님에겐 들리지 않게 낮은 소리로 한 것이었지만 새 가게 주인은 아내의 욕설에 얼굴이 홧홧 달아오르는 걸 느꼈다. 마치 자신이 욕을 먹은 것처럼 화가 났다.

 "손님한테 말본새하고는. 장사 말아먹을 일 있어? 당신이 그러는 거 손님들이 다 안다고."

그러면서 새 가게 주인은 4인분 같은 2인분의 떡볶이를 접시에 담았다. 아내의 눈이 금세 화등잔만 해졌다.

"당신이야말로 장사 말아먹을 일 있어? 2인분을 이렇게 많이 주면 어떡해."

"당신이 한 소리 쟤들이 다 들었다고. 미안하잖아. 얼른 갖다 줘."

"절대로 들었을 리가 없어. 내가 얼마나 조그만 소리로 말했는데."

"절대로 들었어. 당신이 말할 때 쟤들이 인상 쓰는 거 내가 봤어."

"인상은 무슨. 아까부터 계속 웃고 떠들고 있구만."

"잔소리 말고 갖다 주라면 그냥 갖다 줘. 쓸 땐 팍팍 써야 장사가 잘 되는 거라고."

아내는 뭐라 한마디 할 듯하다가 떡볶이 접시를 들고 아이들에게 다가갔다. 그러고는 '탁' 소리가 나게 접시를 내려놓고 아이들을 하나하나 흘겨보며 무례한 말을 했다. 말하는 입술이 앙다물려 있어 마치 복화술을 하는 것 같았다.

"좀 조용히 하라고 특별히 많이 줬으니까 조용히 많이 먹어라."

그날 이후로 복순이 누나의 떡볶이와 튀김 접시는 늘 주문한 양보다 더 수북했다. 그럴 때마다 새 가게 주인의 아내는 미간을 좁히며 남편을 나무랐지만 새 가게 주인의 말은 늘 한결같았다.

"미안하잖아."

덕분에 복순이 누나는 새 가게의 단골이 되었다. 복순이 누나와 함께 가면 떡볶이와 튀김을 양껏 먹을 수 있다는 것을 눈치 챈 아이들이 떡볶이와 튀김을 먹으러 갈 때면 복순이 누나를 꼭 끼워주었다. 복순이 누나가 갈 때마다 새 가게 주인의 아내는 한 단계 더 발전한 복화술을 선보였는데, 그녀의 복화술은 발전에 발전을 거듭하여 이제는 입술을 전혀 움직이지 않고도 무서운 말들을 술술 늘어놓는 경지에 이르게 되었다. 그러면 그럴수록 새 가게 주인은 복순이 누나의 접시에 더 많은 양의 떡볶이와 튀김을 올려주었다.

그러던 어느 날, 헌 가게의 주인이 떡볶이를 먹으러 가는 복순이 누나 일행을 붙잡았다. 그러고는 헌 가게에서 파는 국수에 참기름을 두 배로 넣어서 공짜로 주면서 이렇게 말했다.

"어때? 맛있지? 앞으로 너희들은 특별히 국수 다섯 번 먹을 때마다 한 번은 공짜니까 이제부터는 몸에도 안 좋은 떡볶이, 튀김 이런 거 먹지 말고 국수를 먹도록 해. 예부터 국수를 먹으면 오래 산다는 말이 있어. 그리고 다른 사람들한테는 절대 비밀로 해야 한다."

이 말에 아이들이 손뼉을 치며 까르르 웃었다. 헌 가게 주인은 그런 아이들을 보며 자애로운 웃음을 지었다. 그러고는 복순이 누나의 동그란 뒤통수를 쓰다듬으며 말했다.

"그래, 그렇게 웃으니 얼마나 보기 좋으냐? 마치 한 떨기 꽃송이와도 같구나. 어허허."

그 후로 복순이 누나는 떡볶이와 국수를 번갈아 먹었다. 떡볶이는 맛이 있었지만 새 가게 주인의 아내가 너무 무서웠고, 자애롭고 너그러운 헌 가게 주인의 마음씨는 좋았지만 국수는 떡볶이나 튀김보다는 맛이 없었다. 그래서 복순이 누나와 친구들은 마음껏 수다를 떨고 싶을 때는 헌 가게로, 맛있는 걸 먹고 싶을 때는 새 가게로 가게 되었던 것이었다.

대부분의 싸움이 그렇듯, 헌 가게 주인과 새 가게 주인의 싸움은 그야말로 가관이었다. 처음에는 몇 마디 말로 서로를 비방하더니 어느 순간 서로 멱살을 틀어쥐고 욕설을 주고받는 단계를 지나 급기야는 개싸움 하듯 주먹질과 발길질, 각종 난투 끝에 서로 뒤엉켜 바닥을 뒹구는 사태로까지 발전했다.

"이 씹새끼가 어른도 몰라보고. 한번 해보자는 거야?"

"나이만 처먹으면 다 어른이야? 나잇값을 해야 어른이지. 낼모레 저승 갈 날짜 받아놓은 인간이 발정 난 염소새끼마냥 날뛰는 꼬락서니하고는. 추잡한 줄이나 알아."

"똥 묻은 개새끼가 겨 묻은 양반을 나무라고 있네. 네 꼬라지나 똑바로 봐라, 이 새끼야."

"양바안? 흥, 양반 같은 소리 하고 자빠졌네. 너 같은 잡종 **뼈**다구가 양반이면 이 세상에 양반 아닌 종자가 없겠다. 그리고 자꾸 새끼, 새끼 하지 말아. 내가 네 새끼냐?"

"이 싸가지 없는 놈 좀 보게. 눈깔이 거꾸로 달렸나, 머리에 피도 안 마른 놈이 위아래도 몰라보고 하는 말마다 반토막이네. 이러다 네 에미 애비도 못 알아보겠다."

"남 가정사 걱정은 붙들어 매 두시지."

"걱정은 무슨 걱정. 네 에미 애비가 불쌍해서 그렇다, 이 후레자식아."

"아이고, 오지랖도 태평양일세. 나는 너 같은 놈을 낳은 네 에미 애비가 더 걱정이다."

"뭐야? 이 새끼가 보자보자 하니까."

헌 가게 주인이 눈에 불을 켜고 달려들자 새 가게 주인이 젊은 힘으로 헌 가게 주인을 세게 밀쳤다. 그 바람에 헌 가게 주인이 맥없이 뒤로 벌렁 나가떨어졌다. 그렇게 바닥에 누운 채 잠시 버둥거리는가 싶더니 비호처럼 달려들어 새 가게 주인의 다리를 부둥켜안고 장딴지를 세차게 물어뜯었다. 새 가게 주인의 비명이 처절하게 울려 퍼지는가 싶더니 헌 가게 주인이 갑자기 코를 싸쥐고 나자빠졌다. 충격이 컸던 듯 조금 뒤 일어나 앉아 머리를 흔드는 헌 가게 주인의 양쪽 콧구멍에서 새빨간 피가 줄줄 흘러내렸다. 물린 장딴지가 너무 아파 엉겁결에 한 일이어서 새 가게 주인은 헌 가게 주인의 앞섶이 피로 물들자 놀라고 당황했다. 그래서 자신의 장딴지에서도 피가 흘러내리고 있다는 사실을 알아채지 못한 채 뒤로 주춤주춤 물러났다. 헌 가게 주인과 새 가게 주인이 싸우기 시작했을 때부터 하나 둘 모여들어 어느새 이 둘을 가운데 두고 울타리를 두르고 선 동네 사람들도 흠칫했다. 처음에 말로만 싸움이 오갈 때는 각자 팔짱을 끼고 남의 일인 양 지켜보고 서 있던 동네 사람들이 이쪽 저쪽 편을 갈라 한마디씩 훈수를 보탤 때만 해도 싸움은 제법 흥미진진했었다. 그러나 싸움이 점점 개싸움으로 치닫는 양상을 보이다가 급기야 서로 피를 보고 마는 사태에 이르자 뭔가 큰일을 치르게 될 것 같은 불안감이 싹텄다.

"아, 이게 무슨 짓이여? 서로 모르는 처지도 아니고, 눈 뜨면 낯짝 마주대고 살아가는 사람들끼리 무슨 웬수진 일이 있다고 이 난리들이여?"

동네에서 제일 연장자인 아흔둘의 노인이 꼬부랑 꼬부랑 지팡이를 짚고 서서 위엄 있어 보이려고 애쓰는 목소리로 둘을 꾸짖었다. 그러자 둘러선 사람들이 노인의 말에 맞장구를 치며 하나 둘 나서서 말리기 시작했다. 두 사람은 멀찍이 서서 서로를 노려보았다. 아직은 싸움을 멈출 때가 아니라는 듯 제법 분기탱천하여 어깨를 들썩이고는 있었지만, 이미 피를 보아버려 싸울 의지를 완전히 상실해버린 후여서 서로 거리를 두고 멀리서만 씩씩댈 뿐이었다. 만일 사람들이 말리고 나서지 않았다면 체면을 구길 수도 있는 일이었으나 때마침 말리고 나섰기 때문에 적절한 순간에 싸움을 멈출 수 있어 다행이라는 생각이 이 둘의 마음속을 잠시 스치고 지나갔다. 그래도 마지막 자존심들은 있어서,

"너 이 새끼, 오늘 운 좋은 줄 알아. 이 사람들이 안 말렸으면 넌 **뼈**도 못 추렸어."

"흥, 누가 할 소리를. 코 비뚤어지기 전에 병원에나 가 보슈."

하는 소리들을 여흥 삼아 씨불였다.

이렇게 싸움이 막바지에 다다랐을 때, 헌 가게 바로 위 언덕에 자리 잡은 중학교에서 하교 종소리가 울렸다. 그리고 얼마 후 학생들이 쏟아져 나오기 시작했는데, 조금 전까지 싸움을 구경하느라 얼이 빠져 있던 사람들뿐 아니라 그 싸움의 당사자들까지도 애국의례를 하듯 하던 일을 모두 멈추고 교문을 향해 경건한 자세로 돌아섰다. 그러나 아이들이 다 쏟아져 나오고 시간이 한참이나 흐르고 난 뒤에도 기다리고 기다리던 그 미소는 좀처럼 나타날 줄을 몰랐다.

복순이 누나의 허파에 바람이 들어도 단단히 든 것은 그 즈음이었다. 헌 가게 주인과 새 가게 주인의 결투가 있던 날도 복순이 누나는 2교시를 마치자마자 전광석화 같은 속도로 도시락을 까먹고 높기만 했지 허술하기 짝이 없는 철조망 틈새로 난 개구멍을 통해 학교를 빠져나갔다. 개구멍은 학교 뒷산으로 바로 이어져 있었는데, 이곳에는 좀 논다 하는 아이들의 아지트가 있어서 날마다 술병과 담배꽁초가 굴러다녔다. 심지어 이곳에서 본드를 불고 산귀신처럼 돌아다니는 아이도 있다는 소문이 돌았다. 그래서 이곳은 선생들에게 있어 계도의 대상이자 기피의 장소가 되었다. 세상일에는 반드시 뛰는 놈 위에 나는 놈이 있게 마련이어서 이곳은 또한 잡느냐 잡히느냐의 각축장이 되기도 했는데, 잡는 일도 잡히는 일도 가물에 콩 나듯 아주 드물게 일어났으니 이로 말미암아 선생들의 태만과 아이들의 영악이 적절한 균형을 이루었다고 말할 수 있겠다.

별로 힘들이지 않고 개구멍을 빠져나온 복순이 누나는 이곳에서 칙칙한 교복을 활활 벗어던지고 허연 허벅지가 훤히 드러나는 짧은 치마로 갈아입었다. 그러고는 누가 내놓은 건지는 모르겠지만 산 뒤편으로 난 오솔길을 따라 유유히 산을 넘었다. 이때 복순이 누나의 종아리가 풀잎에 쓸려 벌건 자국이 죽죽 그어졌는데, 이는 복순이 누나가 머리를 기르려다가 맞은 매 자국 위에 얹어져서 용과 뱀이 수십 마리는 기어간 것 같은 자국을 남겼다.

복순이 누나가 산을 넘어 버스를 타고 도착한 곳은 시내의 한 미용실이었다. 시내는 복순이 누나가 다니는 중학교에서 버스를 타고 30분 정도 가면 나오는 곳으로, 좀 논다 하는 아이들이 자주 가는 곳이었다. 보통의 아이들도 아주 큰맘을 먹고 1년에 한두 번 나갈까 말까 했는데, 시내에 나갔다 온 경험이 있는 보통의 아이들은 반 친구들을 촌것 취급하면서 반드시 도시인 행세를 하려 들었다. 복순이 누나도 얼마 전까지는 큰맘을 먹어야만 시내 구경을 할 수 있는 보통의 아이였다. 그랬는데, 평소 떡볶이와 국수를 함께 먹던 친구들을 따라 난생 처음 시내에 나간 것이 복순이 누나의 인생을 180도로 바꿔놓았다.

　복순이 누나의 미소는 세련된 도시인들이 거리를 누비는 시내에서도 단연 돋보였다. 복순이 누나와 그의 패거리들이 교복치마를 휘날리며 거리를 걸을 때도, 찰랑거리는 단발머리를 뒤로 젖히고 흰 목덜미를 드러내며 깔깔깔 웃을 때도, 쇼윈도우 앞에서 마네킹을 따라 포즈를 취할 때도, 공원의 느티나무 그늘에 앉아 쭈쭈바를 쭉쭉 빨고 있을 때도, 가판에 펼쳐놓은 머리핀을 이것저것 대보면서 살 듯 말 듯 주인의 애를 태울 때도 복순이 누나는 항상 돋보였다. 지나가던 남자들이 발을 멈추고 복순이 누나를 넋 놓고 바라보았음은 물론이려니와 여자들도 잠시 멈춰 경탄의 시선으로 바라보다가 곧 정신을 차리고는 복순이 누나를 흘깃거리며 흥, 칫, 뿡을 연발하며 지나갔다. 그 사람들 속에 장미용실의 장원장이 있었다. 그러나 장원장은 그저 바라보며 침이나 흘리는 다른 사람들과는 달랐다. 그는 복순이 누나를 보자마자 인파를 뚫고 나와 용감하게 접근했다. 그리고 무림의 고수가 오래 기다렸던 원수를 만나 칼을 휘두르듯 기운찬 한 마디를 날렸다.

"우리 미스코리아 한번 하자."

 복순이 누나가 장미용실에서 제일 먼저 한 것은 머리를 만지는 일이 아니었다. 그렇다고 화장이나 피부 관리, 손톱 손질 등의 미용도 아니었다. 복순이 누나가 장미용실에서 제일 먼저 한 일은 바로 '차렷'이었다. 그리고 다음으로 한 일은 매를 맞는 일이었다. 장원장은 복순이 누나에게 '차렷'을 시킨 후 손에 들고 있던 가느다란 회초리로 복순이 누나의 종아리를 사정없이 내리치며 외쳤다.
"무릎 붙이고, 허리 펴고, 고개 들고, 똑바로 서!"
 장원장의 회초리가 느닷없이 종아리에 감겨들자 복순이 누나는 깜짝 놀라 저도 모르게 온몸에 힘을 주고 대나무와도 같은 자세로 똑바로 섰다. 그러나 복순이 누나의 마음은 용과 뱀 수십 마리가 지나간 자리처럼 붉은 줄이 죽죽 간 종아리보다 더 구불텅구불텅 수십만 개의 줄이 가고 있었다. 그도 그럴 것이 미스코리아가 되겠다고 와서는 예뻐지기 위한 일은커녕 생각지도 못한 기합에 매만 맞게 되었으니, 당장 주저앉아 눈물을 펑펑 쏟지 않은 것만 해도 다행이라 하겠다.
 이후로 복순이 누나의 눈물겨운 고행의 길이 시작되었는

데, 첫날에만 해도 몸을 죽죽 늘이는 스트레칭에 쪼그려 뛰기, 윗몸일으키기, 줄넘기 등 육상선수의 강도 높은 훈련에 필적할 만한 운동을 하느라 땀과 눈물과 콧물과 기침을 펑펑 쏟았다. 그런데도 복순이 누나가 몇 날을 두고 학교의 개구멍을 기어 나와 출근도장 찍듯 장미용실에 낯짝을 들이민 건 '그래도 내일이 되면 다를 거야.' 하는 희망이 있었기 때문이었다. 그러나 시간이 지나도 달라질 기미는 보이지 않았다. 그런데도 여전히 복순이 누나가 장미용실을 찾는 이유는 그동안 보낸 세월이 억울하고 야속해서였다. 미스코리아를 미끼로 자신을 혹사시키는 장원장에게 '어디 해볼 테면 해봐라. 네가 어디까지 하나 두고 보자.' 하는 오기가 솟구쳤다.

이날도 복순이 누나는 머리에 백과사전처럼 두꺼운 잡지를 올려놓고 기마자세로 서 있었다. 직각으로 들어 올린 팔에 땀이 송송 솟고, 다리가 후들후들 떨렸다. 머리 위에서 잡지가 떨어질 때마다 장원장은 복순이 누나의 종아리를 찰싹찰싹 내리치며 성마르게 소리를 질렀다.

"똑바로 못해!"

그러고는 바닥에 떨어진 두꺼운 잡지를 집어 들어 복순이 누나의 머리 위에 아프게 내려놓는 것이었다. 복순이 누나는 속으로 울며 소리쳤다.

'아씨, 여기는 왜 손님도 없어? 싸이코, 또라이. 저 여자 원장 맞아? 진짜 원장 맞는 거야?'

학질이라도 걸린 듯 온몸을 부들부들 떨던 복순이 누나가 더이상은 못해먹겠다고 생각할 무렵 장원장이 복순이 누나의 머리 위에서 잡지를 걷어갔다. 그와 동시에 복순이 누나가 바닥에 털썩 쓰러졌다. 장원장이 잡지꽂이에 잡지를 꽂다 말고 뒤돌아서서 기가 막힌다는 듯 콧소리가 잔뜩 들어간 목소리로 물었다.

"지금 뭐 하는 거니?"

복순이 누나는 벌떡 일어서려 했다. 그러나 그것은 마음뿐이고, 실상은 온몸이 쑤시고 당겨서 심히 어기적거리게 되었다. 장원장은 팔짱을 끼고 서서 그런 복순이 누나를 못마땅한 듯 노려보았다. 어기적어기적 일어선 복순이 누나가 자동인형처럼 차렷 자세를 취하자 장원장은 그제야 잔뜩 구겨진 미간을 풀었다. 그러고는 한 손에 든 회초리로 자신의 다른 손을 살짝살짝 내리쳐가면서 복순이 누나의 주변을 빙빙 돌며 말했다.

"이제부터 밥은 점심만 먹도록 해. 그리고 튀김, 떡볶이, 국수는 당연히 금지야. 물은 하루 2리터, 과일은 하루에 한 개만 먹어."

 이 말을 들은 복순이 누나의 눈앞이 캄캄해졌다. 그리고 저도 모르게 다음과 같이 진지한 생각이 드는 것이었다.

 '다시는 여기에 오지 말까?'

 그러나 그런 고민이 무색하게도 복순이 누나는 다음 날부터 장원장을 다시는 만날 수 없었다.

 복순이 누나가 도중에 학교를 빠져나가는 일이 자꾸 반복되자 이를 매우 가슴아파하던 담임 선생님이 복순이 누나의 아버지를 호출했다. 평생 학교에는 다시 갈 일이 없을 거라 생각했던 복순이 누나의 아버지는 당황했다. 그래서 밭에서 일하느라 흙투성이가 된 입성을 갈아입을 염도 내지 못하고 방금 수확한 감자와 양파를 급하게 챙겨서 학교로 갔다. 담임 선생님은 "뭐 이런 걸 다." 하면서 복순이 누나의 아버지가 내민 꾸러미를 받아들었지만, 그것이 전혀 달갑지는 않은 듯 양 미간을 살짝 찌푸렸다. 고을 원님 앞에 선 죄인이라도 된 듯 고개를 조아리고 있느라 담임 선생님의 표정을 보지 못한 복순이 누나의 아버지는 "어쨌든 고맙습니다."라고 인사치레하는 담임 선생님의 말에 수그린 고개를 더 깊이 수그렸다.

"복순이가 요즘 복장도 매우 불량하고, 머리도 치렁치렁 길어 어깨를 넘는 데다 아침부터 꾸벅꾸벅 좁니다. 게다가 2교시만 끝나면 학교를 빠져나가 땡땡이를 칩니다. 복순이는 절대 그럴 아이가 아닌데, 걱정이 이만저만이 아닙니다. 댁에 무슨 일이라도 있습니까?"

복순이 누나의 아버지는 깜짝 놀라 크게 벌어진 눈으로 담임 선생님을 마주 보았다. 그러고는 손을 앞으로 뻗어 과장되게 휘휘 휘두르면서 말했다.

"우리 복순이가요? 우리 복순이는 그런 애가 아니에요."

자기도 모르게 큰소리를 낸 것 같아 무안해진 복순이 누나의 아버지는 얼른 손을 내려 다소곳이 맞잡고는 다시 고개를 조아렸다.

"그럼요. 잘 알죠. 그래서 묻는 겁니다. 댁에 무슨 일이라도 있나요?"

"그럴 리가요. 우리 복순이가 위로 오빠만 넷인 고명딸이라 얼마나 애지중지하는데요. 설사 무슨 일이 생겨도 우리 복순이 귀에는 절대 들어가지 않습니다. 게다가 우리 집은 먹고살기 힘든 것 빼고는 무슨 일이 있어 본 적이 없어요."

"그럼 다행입니다만, 요즘 복순이가 아무래도 이상합니다. 혹시 나쁜 친구들과 어울릴지도 모르니 잘 타일러보십

시오. 부탁드립니다."

담임 선생님이 간곡한 어조로 말하자 복순이 누나의 아버지는 송구스러워 몸 둘 바를 몰랐다.

"부탁이라뇨. 당치도 않습니다. 선생님께 이렇게 심려를 끼치다니, 어떻게 사죄드려야 할지 모르겠습니다. 애비로서 면목 없고 부끄럽습니다."

"아이고, 아닙니다. 복순이가 왜 그리 예쁘고 반듯한가 했더니 이런 아버지 밑에서 자라 그렇군요. 딸을 아주 잘 키우셨습니다."

담임 선생님의 말에 복순이 누나의 아버지는 이마를 바닥에 찧을 정도로 고개를 깊숙이 숙이며 감사를 표시했다. 그러나 그렇게까지 고개를 깊숙이 숙인 데에는 담임 선생님에 대한 감사함만 있는 것은 아니었다. 이때의 복순이 누나 아버지는 가슴과 머릿속에 마치 거대한 돌덩이가 들어앉은 듯 너무나 무거워서 도저히 목을 가눌 수 없을 정도였다.

무거운 바윗덩이를 품고 교문을 나선 복순이 누나의 아버지는 바닥에 침을 뱉으며 욕설을 내뱉었다.

"이런 우라질 년! 들어오기만 해봐라. 내 다리몽댕이를 분질러 들어앉힐 테니."

그러고는 고무신 신은 발을 쿵쿵 구르며 분노한 발걸음을 옮겼다. 동시에 마음속 이빨로 거대한 바윗덩이를 뿌드득뿌드득 갈아 먹었다.

그날 저녁, 가방을 메고 태연하게 하교인사를 건네는 복순이 누나를 보고 샘에서 발을 닦던 복순이 누나의 아버지가 물었다.

"어디 갔다 왔다고?"

복순이 누나는 아버지의 물음이 기이하다고 생각하며 고개를 갸웃했다. 그러나 곧바로 생글생글 웃으며 아버지에게 애교 섞인 대답을 했다.

"학교에 갔다 왔지. 내가 학교 말고 갈 데가 어디 있다고. 공부를 어찌나 열심히 했는지 이러다 전교 1등 할까 봐 겁이 난다니까."

이 말을 듣고 복순이 누나의 아버지가 무심한 어조로 다시 물었다.

"공부를 그렇게나 열심히 했어, 우리 딸? 전교 1등 할 정도로?"

"그렇다니까. 공부하느라 힘들어 죽겠어. 아, 피곤해."

복순이 누나가 마루 끝에 가방을 내려놓고 정말 피곤해

죽겠다는 듯이 털썩 주저앉아 기지개를 켰다. 이를 본 복순이 누나 아버지의 분노가 폭발했다.

"뭐어? 공부를 열심히 해? 전교 1등을 할까 봐 겁이 나? 이년아, 어디서 애빌 속이려 들어?"

복순이 누나의 아버지가 샘에 있던 양철대야를 세차게 걷어찼다. 그러고는 마당 한 귀퉁이에 세워놓은 지게로 달려가 지게작대기를 뽑아 들었다. 아버지가 지게작대기를 들고 다짜고짜 달려드는 바람에 깜짝 놀란 복순이 누나는 영문도 모른 채 이를 피해 달아나며 크게 소리쳤다.

"아버지, 왜 그래? 내가 뭘 속였다고?"

"네가 학교 안 간 거 네 선생이 다 불었다. 이래도 계속 애빌 속일 테냐?"

"아, 진짜. 학교에 갔어. 갔다고."

"그래도 이년이!"

복순이 누나의 아버지가 지게작대기를 머리 위로 번쩍 들어올렸다. 복순이 누나가 소리치며 도망갔다. 복순이 누나의 아버지가 지게작대기를 치켜든 채 복순이 누나를 뒤쫓았다. 복순이 누나는 있는 힘을 다해 죽기 살기로 도망쳤다. 복순이 누나의 아버지가 절대로 놓치지 않겠다고 결심한 듯 이를 앙다물었다. 달려가며 뒤를 힐끔 쳐다 본 복순이 누나의 뒷머리가 쭈뼛 솟아올랐다. 아버지의 눈이 화산이 폭발한 듯 이글거리고 있었다. 복순이 누나는 꼭 쥔 주먹에 더욱 힘을 주고 전속력으로 내달렸다. 복순이 누나의 아버지가 지게작대기를 휘두르며 그 뒤를 쫓았다. 복순이 누나는 뛰고 또 뛰었다. 소리를 꽥꽥 지르며 우리를 탈출한 송아지처럼 펄쩍펄쩍 뛰어 달아났다.

"학교는 갔어. 갔다니까!"

온 동네가 떠나가라 소리 지르며 쫓고 쫓기는 저녁의 활극에 동네 사람들이 하나 둘 모여들기 시작했다. 불난 외양간의 송아지처럼 펄펄 날뛰는 부녀의 모습은 그야말로 가관이어서, 온 동네 사람들이 다 몰려들어 그 광경을 지켜보았으나 동네가 생긴 이래 이렇게 재미난 구경은 처음인 양 말리고 나서는 이는 아무도 없었다.

"아부지, 잠깐. 타임!"

한참을 날뛰던 복순이 누나가 양팔을 휘휘 내저으며 소리쳤다. 지게작대기를 들고 분기탱천하던 복순이 누나의 아버지가 멈춰 섰다. 그러고는 지게작대기에 몸을 기대고 숨을 씩씩 몰아쉬었다. 숨이 턱까지 차오르기는 복순이 누나도 마찬가지여서 아버지가 더이상 뒤쫓지 않는다는 것을 알아채자 그 자리에 멈춰 서서 무릎에 손을 짚고 가쁜 숨을 몰아쉬었다. 그런 와중에도 아버지가 언제 다시 쫓아올지 몰라 헐떡이는 아버지에게서 눈을 떼지 않고 달래듯 말했다.

"아부지, 내 말 좀 들어봐."

"그래, 할 말이 뭐 크헐헐헐. 한번 들어나 보 크헐헐헐."

복순이 누나의 아버지가 말과 동시에 기침을 쏟아냈다. 그 틈을 이용하여 복순이 누나가 휘휘 휘파람 소리를 내며 숨을 몰아쉬었다.

"나 학교에 갔어. 정말로 갔다고. 아부지 나 못 믿어?"

"어제까지는 믿었지만 오늘부턴 못 믿는다."

"그게 뭐야. 날 못 믿는다는 말이잖아."

"그래, 못 믿는다."

"아, 진짜. 왜 못 믿는데."

"네가 이 애비를 속이는 걸 뻔히 아는데 내가 너를 어떻게 믿냐."

"내가 뭘 속였다고 자꾸만 그래?"

"그래도 이년이, 뭘 잘했다고 바락바락 대들고 난리인 게야?"

복순이 누나의 아버지가 손에 쥔 지게작대기를 땅에 내

리꽂으며 호통을 쳤다. 그 기세에 눌려 잠시 움츠러드는가 싶더니 복순이 누나는 곧바로 고개를 빳빳이 들고 단전에 힘을 모아 당당하게 소리쳤다.

"그래, 나 땡땡이 쳤어. 미스코리아 되려고 땡땡이 좀 쳤어. 이제 됐어?"

"뭐어? 뭐가 되겠다고?"

"미스코리아!"

복순이 누나의 말에 아버지는 입을 쩍 벌렸고, 몰려든 동네 사람들은 술렁이기 시작했다.

"복순이 저게 미스코리아가 되려고 학교를 안 갔나 보네. 어린 게 참 당돌하구만."

"왜, 저 인물이면 미스코리아 하고도 남지."

"미스코리아가 얼굴만 예쁘다고 되는 건 줄 알아? 장안에 내로라하는 처녀들이 다 몰려들 터인데, 이런 촌구석 출신은 어림도 없지."

"촌구석 출신이라고 안 된다는 법이 어딨어? 그럼 촌구석 출신은 평생을 이 모양 이 꼴로 살아야 한다는 말인감?"

"아, 미스코리아 하려면 옷도 사 입어야 하고, 머리도 지져야 하고, 얼굴에 분도 발라야 하는데, 그러려면 돈이 한두 푼 들어? 그걸 다 어떻게 감당해?"

"그런 건 미장원 원장이 다 해주는 거 아녀?"

"그것도 큰 미장원에서나 해주는 거지. 여기는 죄다 손바닥만 한 미장원밖에 없는데 어떤 원장이 미쳤다고 그 큰돈을 대겄어. 미스코리아가 될지 안 될지도 모르는 마당에."

"그래도 나는 복순이가 미스코리아 대회에 한번 나가봤으면 좋겠네. 인물이 아깝잖어."

"아이고, 그런 소리는 당최 하지도 말어. 자고로 인물값 하는 년 치고 팔자 좋은 년 못 봤으니께. 괜히 허파에 바람 들어 날뛰다가 패가망신하기 십상이여."

미스코리아가 되겠다는 복순이 누나의 말을 두고 동네 사람들이 저마다 논평을 쏟아놓는 가운데 벽력같은 호통 소리가 천지를 갈랐다.

"네 이년! 네가 진정 다리몽댕이가 부러져봐야 정신을 차릴 테냐?"

복순이 누나의 아버지가 다시 지게작대기를 머리 위로 번쩍 들어올렸다. 이를 본 복순이 누나가 꽥 소리를 내지르며 도망갔다. 복순이 누나의 아버지가 지게작대기를 치켜든 채 '집안 망신시킬 년' 어쩌구 하며 복순이 누나를 뒤쫓았다. 복순이 누나는 있는 힘을 다해 죽기 살기로 도망쳤다. 복순이 누나의 아버지가 이번에야말로 절대로 놓치지 않겠다고 결심한 듯 이를 앙다물었다. 달려가며 뒤를 힐끔 쳐다 본 복순이 누나의 뒷머리가 쭈뼛 솟아올랐다. 불덩이에 휩싸인 듯 아버지의 온몸이 활활 타오르고 있었다. 이번에야말로 잡히면 맞아 죽을 것 같았다. 복순이 누나는 꼭 쥔 주먹에 더욱 힘을 주고 전속력으로 내달렸다. 복순이 누나의 아버지가 지게작대기를 휘두르며 그 뒤를 쫓았다. 복순이 누나는 뛰고 또 뛰었다. '미스코리아, 미스코리아'를 구령처럼 외치며 펄쩍펄쩍 뛰어 달아났다.

그렇게 한참을 쫓기던 복순이 누나가 돌부리에라도 걸렸는지 잠시 휘청이는가 싶더니 길바닥에 쓰러져 그대로 뻗어버리고 말았다. 예기치 않은 상황에 직면한 복순이 누나의 아버지는 당황했다. 온 힘을 다해 지게작대기를 휘두르며 딸을 뒤쫓던 터라 그동안 붙었던 탄성과 가속도를 제어할 수가 없었다. 지게작대기는 신명을 얻은 무당처럼 저 홀로 춤을 추었고, 복순이 누나 아버지의 두 다리는 길들지 않은 망아지처럼 계속해서 앞으로 달려나갔다. 멈추고 싶은 것은 마음뿐, 몸은 이미 무아지경이 되어 마음과 따로 놀았다. 복순이 누나의 아버지는 절망적으로 소리쳤다.

"이년아, 비켜!"

그 소리와 함께 지게작대기가 복순이 누나의 작고 아담

한 복숭아뼈를 강타했다. 복순이 누나가 새된 비명을 지르며 바닥을 굴렀다. 동네 사람들 속에 섞여 남인 듯 팔짱을 끼고 이를 지켜보던 네 오빠가 달려들었다. 역시 동네 사람들 속에 섞여 끌끌 혀를 차던 엄마가 쏜살같이 뛰어들었다. 복순이 누나가 넘어질 때까지만 해도 껄껄껄 웃으며 저마다 논평을 쏟아내던 동네 사람들이 전기에 감전된 듯 부르르 몸을 떨었다. 난리법석의 한가운데에서 지게작대기를 들고 석상처럼 얼어붙어 있던 아버지가 지게작대기를 저만치 내던지고 복순이 누나를 둘러싼 가족들을 밀어냈다. 그러고는 등을 내밀어 복순이 누나를 둘러업고는 읍내에 하나뿐인 병원으로 힘차게 내달렸다. 만년 이장 정씨 아저씨가 덩달아 내달리더니 동네에 하나뿐인 경운기에 탈탈탈 시동을 걸었다. 눈물 콧물 범벅이 되어 아파 죽겠다고 소리소리 지르는 복순이 누나를 싣고 탈탈탈 멀어지는 경운기의 뒤꽁무니에 대고 누군가 '나무관세음보살' 했다. 그러자 동네 사람들 모두 한마음이 되어 가슴 앞에 두 손을 모으고 허리를 깊숙이 숙였다. 그러나 한번 부서진 복순이 누나의 복숭아뼈는 다시는 제구실을 하지 못했다.

이 일로 인해 복순이 누나는 웃음을 잃고 절뚝이는 여자가 되었다. 그래도 여전히 복순이 누나는 조선 최고의 미녀였다. 그러나 어쩐지 슬픈 미녀였다. 복순이 누나의 아버지는 복순이 누나가 절뚝이며 걸어가는 것을 볼 때마다 이렇게 중얼거리며 속으로 쓰디쓴 눈물을 삼켰다.

"미련한 년, 잘 좀 피할 것이지."

소원을 들어줘

"할머니, 복순이 누나네 줄 거 없어? 있으면 나한테 말해. 내가 갖다 줄게."

아침상을 물리고 아랫목에 엎드려 동화책을 읽고 있던 판근이 문득 생각났다는 듯 말했다. 할머니는 걸레로 방바닥을 닦으며 머리카락을 따로 주워 모으고 있었다. 그건 할머니의 오랜 습관이자 신념이었다. 부모로부터 물려받은 것은 버릴 때도 소중히 해야 한다고 늘 말했었다.

"아가, 갑자기 그게 무슨 말이냐? 복순이네한테 줄 거라니. 복순이네가 우리 집에 뭘 맡겨놨다더냐?"

"그게 아니고, 명절이잖아."

"명절? 아가, 뜬금없이 그건 또 무슨 말이냐?"

"할머니가 그랬잖아. 대보름은 민족의 큰 명절이라고."

"그건 그렇지. 암, 그렇고 말고. 대보름은 민족의 큰 명절이지. 한 해의 액을 막는 날이니까."

"그러니까."

"그러니까라니? 난 당최 뭔 소린지 하나도 모르겠구나."

판근이 읽던 책을 탁 덮고 일어나 앉았다. 그리고 할머니에게 잘 들어보라는 듯 제법 헛기침까지 해 가면서 연설을 늘어놓기 시작했다.

"할머니, 명절이 뭐야? 우리 다 같이 즐거운 날이잖아. 먹을 것도 나눠 먹고, 덕담도 주고받고, 서로서로 복 받으라고 하는 날. 그리고 또 옛날부터 이런 말이 있잖아. 슬픔은 나누면 반이 되고 기쁨은 나누면 배가 된다. 그러니까 우리도 민족의 큰 명절인 대보름에 이웃과 무엇이든 나눠야지."

그래도 할머니는 여전히 이해가 가지 않는다는 표정으로 판근을 바라보았다. 그래서 판근은 좀 더 쉽게 설명을 했다.

"다른 사람에게 복을 나눠주면 두 배가 되어서 돌아온다고 했잖아, 할머니가."

"그래, 맞는 말이기는 한데, 왜 하필이면 복순이네냐? 복을 나누려면 너랑 제일 친한 영득이가 먼저 아니겠느냐?"

할머니의 물음에 판근은 말문이 막혔다. 할머니는 눈을 가늘게 뜨고 판근에게 의심스런 눈초리를 보냈다.

"혹시 너, 복순이를 좋아하는 게냐?"

판근의 얼굴이 순식간에 **빨개졌다**. 이를 본 할머니가 체 머리를 흔들며 강한 어조로 말했다.

"아가, 안 된다. 복순이는 너보다 나이도 훨씬 많고, 뭣보다도 너를 절대로 안 좋아할 거다."

"왜? 복순이 누나가 왜 나를 좋아하지 않는다는 거야, 할머니?"

"왜냐면, 음……, 너는 너무 어리기 때문이지."

"뭐야, 그 말이 그 말이잖아. 결국 나이 차이 때문이라는 거잖아."

"차이가 나도 너무 많이 나니까 그러는 게야."

이쯤에서 판근은 입을 다물었다. 판근이 복순이 누나를 좋아하는 것은 사실이었지만, 그것이 남녀 간의 정은 아니었기 때문이다. 판근은 그저 복순이 누나를 통해 **삐에르**를 만나고 싶은 것뿐이었고, 그러려면 복순이 누나한테 잘 보일 필요가 있었다. 게다가 **삐에르**와 함께 있던 복순이 누나의 행복한 얼굴을 보아버린 마당에 복순이 누나에게 연정을 품는다는 건 절대 있을 수 없는 일이었다. 그건 자존심에 관계된 일이기 때문이다. 판근이 더이상 대꾸를 하지 않자 할머니가 판근을 **째려보며** 거듭 다짐을 두었다.

"아가, 다른 여자는 다 돼도 복순이는 안 된다. 너는 아직 너무 어려서 정이란 게 얼마나 더럽고 무서운 것인지 몰라."

이쯤 되자 판근은 어떻게 해서라도 할머니를 안심시키고 싶었다.

"할머니, 나 복순이 누나 사랑하는 거 아냐."

할머니가 여전히 믿을 수 없다는 듯이 물었다.

"그럼 왜 복순이한테 뭘 주겠다는 거냐? 다른 사람은 다 놔두고."

판근은 조금 생각하다가 아주 작은 목소리로 말했다.

"불쌍하잖아."

이 대답에 할머니가 이마를 싸쥐었다. 그러고는 세상이 곧 무너질 것처럼 탄식했다.

"아이고, 남녀 간의 정이란 게 바로 게서 시작되는 것이거늘."

판근은 헛다리를 짚어도 한참 잘못 짚고 있는 할머니에게 잘 들어보라는 듯이 할머니의 눈을 똑바로 쳐다보고 또박또박 말했다.

"할머니, 나는 복순이 누나를 절대로 사랑하지 않아. 그렇게 나이 차이가 많이 나는 여자를 좋아할 만큼 내가 철이 없진 않다고. 그리고 나는 사랑 같은 거에 관심을 가질 틈이 없어. 내가 얼마나 바쁜데."

"바빠도 할 건 다 한다. 나는 뭐 한가해서 네 애비를 낳은 줄 아느냐?"

판근은 답답했다. 정말이지 할 수만 있다면 자신의 마음을 홀랑 뒤집어서 할머니에게 보여주고 싶었다. 어떻게 말해도 믿어주지 않는 할머니가 너무나 야속했다.

"어떻게 해야 믿어주겠어, 할머니. 나는 할머니가 왜 그런 생각을 하는지도 모르겠고, 할머니가 자꾸만 나를 모함하니까 마음이 아파."

판근은 최대한 측은한 표정을 지으며 가슴을 움켜쥐었다. 그러나 할머니는 어림도 없다는 듯 그런 판근을 외면했다.

"복순이 고년이 다리를 절어서 그거 하나가 흠이지 여간 예쁘냐? 자고로 동서고금을 통틀어 예쁜 여자한테 안 넘어가는 사내는 없는 법. 네 할애비도 벌 나비처럼 예쁜 여자들을 쫓아다니느라 평생을 허비했느니라. 그 피를 네가 고스란히 물려받았을진대, 내 어찌 안심할 수 있겠느냐?"

"아빠는 안 그러잖아. 할아버지 피를 물려받았으면 나보다 아빠가 더 많이 물려받았을 건데."

그러자 할머니가 흥, 콧방귀를 뀌었다.

"네 에미가 무서우니까 그러는 거지, 네 애비라고 다를 것 같으냐? 네 에미가 여간 지독해야 말이지. 내 평생 살다 살다 네 에미처럼 독한 년은 처음 본다."

"할머니, 우리 엄마 욕하지 마!"

판근이 빽 소리치자 할머니가 토라지며 돌아앉았다. 그러고는 판근에게 다 들리도록 큰소리로 구시렁댔다.

"이래서 머리 검은 짐승은 아끼는 게 아니여. 아이고, 내 팔자야."

어째서 꼭 만나야 할 사람은 이렇게도 만나기 힘든 것일까? 판근은 따뜻한 아랫목에 누워 몸을 뒤집으며 한숨을 포옥 내쉬었다. 어느덧 봄방학도 다 끝나가고 있었다. 이제 새 학기가 시작되어 학교에 가면 복순이 누나를 만나기가 더욱 힘들어질 터였다. 그러면 삐에르를 만나는 일도 영영 물 건너갈 것인데, 대체 이 일을 어찌해야 하나 생각할수록 조급증이 일었다.

"판근아, 노올자."

판근이 새로운 고민에 빠져 이리저리 몸을 뒤채고 있을 때 영득이 부르는 소리가 들렸다. 영득의 목소리를 듣자 판근은 작은대보름 밤의 일이 떠올라 저절로 이마가 찌푸려졌다. 그날 밤 동네 조무래기들 앞에서 자신에게 창피를 준 영득이 미워서 어서 돌아가 버렸으면 싶었다. 다시는 영득을 상대해주고 싶지 않았다.

"판근아, 노올자."

판근이 대답을 하지 않자 영득이 목소리를 더욱 높여 판근을 불렀다. 판근은 아랫목에 깔아놓은 이불 속에 웅크린 채 귀를 막고 못 들은 척했다. 몇 번을 소리쳐 불러도 아무 대답이 없자 영득이 포기하고 돌아갔는지 밖이 잠잠했다. 판근은 이불 속에서 조금 더 웅크리고 있다가 여전히 밖이 조용한 것을 확인하고는 애벌레가 고치에서 기어 나오듯 천천히 이불을 걷고 밖으로 나왔다. 그러고는 영득이 간 것을 최종적으로 확인하려 방문 창호지에 조그맣게 구멍을 뚫고 붙여놓은 유리 쪽으로 다가갔다. 유리에 눈을 대고 밖을 내다보려던 판근은 깜짝 놀라 비명을 지르며 엉덩방아를 찧고 말았다. 유리 저편에서 검은 눈동자가 이쪽을 들여다보고 있었기 때문이었다.

"야! 너 뭐 하는 거야."

백 리는 달아났던 정신을 가까스로 수습한 판근은 짜증이 일어 그때까지도 유리를 통해 안을 들여다보고 있는 영득에게 버럭 소리를 질렀다.

"난 그냥 네가 뭐 하나 하고."

영득이 방문을 열고 들어오며 볼멘소리를 했다. 판근은 여전히 분이 풀리지 않는다는 듯 영득을 노려보며 날선 소리를 했다.

"대답이 없으면 없나보다 하고 그냥 가지 왜 남의 방을 훔쳐봐?"

"훔쳐보긴 누가 뭘 훔쳐봤다고 그래? 밖에 네 신발은 있는데 대답이 없어서 그냥 딱 한 번 본 것뿐인데."

"그게 그거지. 주인 허락도 없이 왜 함부로 남의 방을 엿보냐고."

"치사한 자식! 그러게 왜 있으면서 없는 척해?"

"똥 묻은 개가 겨 묻은 개 나무란다더니 누구더러 치사하대? 제가 백배 천배는 더 치사하면서."

"내가 왜? 내가 뭘?"

"시치미 떼기는. 작은대보름날 네가 나한테 창피준 거 생각 안 나? 정말 안 나?"

"그게 무슨 소리야? 내가 언제 너한테 창피를 줬다고 그래?"

"밥에 재 좀 들어간 것 가지고 네가 애들 앞에서 망신줬잖아. 그래도 생각 안 나?"

판근이 씩씩거리며 말하자 영득은 골똘히 생각에 잠겼다. 그러더니 곧 판근을 똑바로 쳐다보며 판근의 잘못된 생각을 나무랐다.

"그건 밥에 재가 들어가서 그런 게 아니라 네가 거짓말을 해서 그런 거잖아. 나는 분명히 재를 걷어내고 먹자고 말했어."

"그래, 내 말이 그 말이야. 재를 걷어내고 먹자고 했으면 된 거지 왜 굳이 바가지 들고 있던 사람을 들춰내려고 해서 나한테 창피를 주느냐 말이야. 그때 내가 너한테 얼마나 배신감 느꼈는지 알아?"

"그래도 거짓말은 하지 말았어야지."

판근은 입을 다물고 눈을 내리깔았다. 변명을 하면 할수록, 따지려 들면 들수록 점점 더 자신의 잘못이 커지는 것 같았다. 그날 영득에게 느꼈던 배신감도 잘못이고, 그 일로 인해 영득에게 서운한 마음을 가진 것도 잘못이고, 그 때문에 있으면서 없는 척한 것도 잘못인 것 같았다. 판근은 왠지 눈물이 터질 것 같아 입술을 꼭 깨물었다.

"네가 그렇게 창피해할 줄 정말 몰랐어. 난 그날 네가 아무것도 아닌 걸 가지고 밥도 안 먹고 그냥 가서 너한테 너무너무 서운했어. 그런데 이제 보니 내가 잘못한 것 같아.

미안하다."

영득이 진심을 담아 사과하자 입술을 꼭 깨물고 간신히 울음을 참고 있던 판근의 눈에서 그예 눈물이 똑 떨어졌다. 판근도 영득에게 사과하고 싶었지만 말을 하면 진짜로 울게 될 것 같아서 입을 꼭 다문 채로 있었다.

"복순이 누나가 연애를 한다고? 삐에로랑?"
"쉿, 조용히 해. 아직까지는 비밀이야. 너랑 나랑만 아는 얘기라고. 그리고 삐에로가 아니라 삐에르라니까. 내가 몇 번을 말해."

판근이 눈썹을 찌푸리며 타박하자 영득이 혀를 쏙 내밀고 바보처럼 웃었다. 판근은 그런 영득을 한 번 흘겨보고는 계속해서 말을 이어나갔다.

"내가 똑똑히 봤어. 이 두 눈으로. 분명 삐에르랑 복순이 누나였어."
"그러니까 그 둘이 방죽에서 연애를 하고 있었단 말이지?"
"그렇다니까."
"어떻게 연애를 하디? 막 껴안고 뽀뽀도 하고 그랬어?"
"이 새끼는. 발랑 까져가지고."

판근이 눈을 빛내며 다가드는 영득의 머리를 밀어내며 한심하다는 듯 말했다. 영득이 무안한 듯 뒷머리를 긁적였다. 그러고는 어린애한테 설교하듯 한마디 했다.

"원래 연애는 그렇게 하는 거야."

 판근은 피식 웃으며 영득에게 자기가 본 것을 다 말해주지는 말아야겠다고 생각했다. 영득은 대체로 생각이 깊고 또래보다 어른스러운 아이였지만, 또 한편으로는 고등학교에 다니는 제 형한테 못된 것들만 잔뜩 배워서 되바라진 면이 있었다. 아무래도 영득에게 모든 것을 다 말해줬다가는 복순이 누나와 삐에르의 아름다운 사랑이 검게 물들어 더러워질 것 같았다.

"그냥 앉아서 얘기만 하더라."

 판근의 말에 영득이 실망을 감추지 않고 곧바로 내뱉었다.

"그게 어떻게 연애냐?"

"서로 사랑하는 게 연애지, 연애가 꼭 껴안고 뽀뽀해야 연애인 거냐?"

"서로 사랑하니까 껴안고 뽀뽀를 해야지."

"아우, 추저분한 자식. 너는 진정으로 아름다운 사랑이란 게 어떤 건지 모르는구나."

"네가 아는 진정으로 아름다운 사랑은 뭔데?"

"순수한 거."

"순수? 그게 뭔데? 그냥 얘기만 하는 거? 어떻게 그게 사랑이냐? 그럼 너랑 나도 서로 사랑하는 거냐?"

"너랑 나는 남자잖아. 남자끼리 어떻게 사랑을 해."

"왜 못해. 외국에서는 남자랑 남자, 여자랑 여자끼리 서로 사랑한다더라."

"누가 그래?"

"우리 형이."

이쯤에서 판근은 입을 다물었다. 그쪽 방면으로 도통한 연애박사 영식이 형이 그랬다면 그건 백 퍼센트 맞는 말일 것이었다.

"그건 그렇고, 삐에르를 만나려면 복순이 누나를 먼저 만나야 하는데 어떻게 해야 할지 모르겠어."

"복순이 누나는 왜?"

"복순이 누나한테 삐에르를 한 번만 만나게 해달라고 부탁해보려고."

"둘이 연애하는 사이가 확실해? 뽀뽀도 안 하고 그냥 얘기만 했다며."

"확실해. 느낌으로 알아. 그리고 너 정말 자꾸 이럴래? 순수해서 아름다운 사랑이란 게 있는 거야. 가서 네 형한테 물어봐."

판근이 발끈해서 쏘아붙이자 영득이 별꼴 다 보겠다는 표정으로 판근을 쳐다보며 혼잣말로 중얼거렸다.

"쳇, 순수하게 서로 얘기만 하는데 그게 사랑인지 어떻게 안대?"

판근은 못 들은 척 다른 데로 화제를 돌렸다.

"복순이 누나를 어떻게 하면 만날 수 있을까?"

판근이 한숨을 섞어 내뱉자 영득이 단순 명쾌하게 대답했다.

"그냥 만나면 되지. 삐에르처럼 읍내에 있는 것도 아니고, 엎어지면 코 닿을 데 있는데."

"그냥 무작정 찾아가서 놀러 왔다고 하면 이상하잖아."

"동네 누난데 뭐 어때."

"그래도 그건 좀 아닌 것 같아. 복순이 누나가 우리랑 같이 놀 나이도 아니고."

"넌 뭐가 그렇게 복잡하냐? 그냥 가. 가서 만나. 그리고 얘기해. 삐에르를 한 번만 만나게 해달라고. 할 말 있어서 왔다는데 설마 쫓아내기야 하겠냐?"

판근은 상황을 너무 단순하게 보고 너무 쉽게 말하는 영득을 보고 땅이 꺼져라 한숨을 내뱉으며 뇌까렸다.

"너는 차암 세상에 걱정이 없어서 좋겠구나."

다음 날, 판근은 아침 댓바람부터 "판근아, 노올자."를 외치던 영득의 성화에 못 이겨 복순이 누나네 집으로 무작정 찾아가 보기로 했다. 판근은 영득과 함께 복순이 누나네 집으로 가면서 영득이 자신의 일도 아닌데 왜 이렇게까지 발 벗고 나서는 것인지 궁금해져서 물어보았다.

"너는 왜 따라오냐?"

그러자 영득이 이 무슨 당치도 않은 소리냐는 표정을 지으며 판근에게 말했다.

"친구가 가는데 당연히 가야지. 우리가 남이냐?"

"그럼 우리가 남이지, 네가 나냐?"

"무슨 소리를 그렇게 섭섭하게 하냐?"

판근의 냉정한 말에 영득이 볼멘소리를 했다.

"엄밀히 따지면 그렇다는 거지. 섭섭했냐?"

판근이 영득의 어깨에 팔을 두르며 느물거렸다.

"징그러운 새끼, 저리 가."

영득이 자신의 어깨에 올려놓은 판근의 팔을 뿌리치며 토라진 척했다.

"에이, 친한 친구끼리 왜 이래."

판근이 영득의 어깨에 다시 팔을 두르며 눙치려 들자 영득이 판근을 하얗게 흘겨보며 말했다.

"아까는 남이라며."

"말이 그렇다는 거지. 내가 너를 정말로 남이라고 생각하겠냐? 우리는 매일 만나서 같이 놀고, 서로 비밀도 없는 사인데. 너는 내 형제나 마찬가지야."

"그럼 내가 형님 한다. 형이라고 불러봐."

"뭐라고? 나보다 학년도 낮은 게 보자 보자 하니까 못 하는 소리가 없네. 그리고 내가 형제나 마찬가지라고 했지, 언제 진짜 형제라고 했냐?"

"쪼잔한 새끼, 나도 말이 그렇다는 거다."

판근과 영득이 아옹다옹하며 걷는 동안 둘은 어느덧 복순이 누나네 집 앞에 와 있었다. 판근은 갑작스레 다가든 복순이 누나네 사립문 앞에서 우뚝 멈춰 섰다. 함께 걷던 영득이 몇 발짝 앞서 걷다가 뒤돌아섰다.

"왜 그래?"

"저기, 아무래도 이건 좀 아닌 것 같아."

"아니긴 뭐가 아냐. 여기까지 와놓고."

영득이 답답하다는 듯 판근에게 다가와 판근의 팔을 잡

아끌었다. 판근은 가기 싫은 곳에 억지로 끌려가는 사람처럼 엉덩이를 뒤로 한껏 빼고 버텼다.

"잠깐, 잠깐만."

영득이 힘껏 잡아당기고 있던 판근의 팔을 놓고 한심하다는 듯 한숨을 쉬었다.

"왜 그래, 도대체?"

"정말 이상하지 않을까?"

"또 뭐가."

"우리가 복순이 누나 찾아온 거."

"뭐가 이상해. 다 네가 이상하다고 생각하니까 이상한 거지. 하나도 안 이상해."

"정말 그럴까?"

영득은 아무리 달래고 설명을 해도 점점 소심해지기만 하는 판근에게 짜증이 나서 저도 모르게 빽 소리를 지르고 말았다.

"지금 이게 나 좋자고 하는 일이냐? 그렇게 이상하면 그냥 가든지."

그러자 판근이 알아듣기 힘든 말로 뭐라 뭐라 웅얼거렸다. 영득이 눈썹을 찌푸리며 잔뜩 역정이 난 목소리로 판근에게 물었다.

"뭐라고?"

"빈손으로 가도 되냐고. 그래도 남의 집에 가는 건데."

"여기가 어떻게 남의 집이야, 복순이 누나네지. 너는 이웃집에 놀러 가는데도 격식 차리냐? 왜, 양복이라도 한 벌 빼입고 오지."

영득이 팔짱을 끼고 서서 빈정거리자 판근이 와락 붉어진 얼굴로 입을 실룩거렸다. 그러더니 기어들어가는 목소리로

"안 되겠다. 그냥 가자."

라고 하는 것이었다. 영득은 맥이 탁 풀려서 팔짱 낀 팔을 축 늘어뜨렸다. 그러고는 판근의 목덜미를 어루만지며 담담한 어조로 말했다.

"그래, 그럼."

절뚝절뚝 걷는다. 조선 최고의 미녀 복순이 누나.

세상에서 제일 환한 미소를 지녔으나, 이제는 웃을 줄 모르는 가엾은 복순이 누나.

절뚝이며 어디로 가나.

오늘은 또 어디로 가서 눈물을 흘리려나.

판근이 어떻게 하면 복순이 누나를 자연스럽게 만날 수 있을까 고민하면서 하루 종일 복순이 누나네 집만 바라보고 있지 않았더라면, 다 늦은 저녁 남몰래 사립문을 빠져나오는 복순이 누나를 발견할 수 없었을 것이다. 이 시간에 복순이 누나는 겁도 없이 어디를 가려고 하나, 생각할 겨를도 없이 판근의 가슴이 마구 날뛰기 시작했다. 그리고 무엇을 어떻게 해야겠다는 작정도 없이 홀린 듯 대문을 나섰다.

복순이 누나는 급할 것 하나 없다는 듯 느릿느릿 절뚝였다. 그래서 판근이 금방 따라잡을 수 있었다. 판근은 아무 소리도 내지 않고 살금살금 다가가 복순이 누나의 등을 툭 쳤다.

"누나 어디 가?"

"어맛, 깜짝이야."

복순이 누나가 소스라치며 펄쩍 뛰어올랐다. 판근이 음흉한 낯빛을 하고 흐흐흐 웃었다.

"어머, 애, 간 떨어질 뻔했잖아."

복순이 누나가 가슴을 쓸어내리며 안도의 한숨을 내쉬었다.

"누나 어디 가? 삐에르 만나러 가?"

"어머, 애 좀 봐. 너 지금 무슨 소리를 하는 거니? 내가 삐에르를 왜 만나."

복순이 누나가 새침하게 말은 하지만 속으로는 분명 당황하고 있다고 판근은 생각했다. 그래서 판근은 빙빙 돌려 말하지 말고 단도직입적으로 할 말만 딱 하자고 마음먹었다.

"내가 다 봤어. 작은대보름날 밤에 방죽에서 둘이 몰래 연애하는 거. 지금도 연애하러 가는 거지?"

판근이 모든 것을 다 알고 있으니 숨기지 말라는 듯 빙글거리며 묻자 복순이 누나가 펄쩍 뛰며 손사래를 쳤다.

"얘가 지금 무슨 헛소리래? 누가 들을까 무섭다, 얘."

"에이, 내가 다 봤다니까."

"보긴 뭘 봤다고 그래."

"둘이 방죽에서 몰래 연애하는 거 내가 다 봤다고. 작은대보름날 밤에. 달이 대낮같이 환해서 똑똑히 보였는걸."

"네가 귀신을 봤나 보다. 방죽에 귀신이 많이 산다는 소리는 못 들어본 모양이지?"

"자꾸 그런 식으로 내빼지 마. 이미 다 알고 있으니까. 그리고 누나, 연애하는 건 죄가 아냐. 아름다운 거지."

복순이 누나가 어이없다는 듯 피식 웃으며 판근에게 꿀밤을 먹였다.

"쪼그만 게 못하는 소리가 없어."

판근이 꿀밤 맞은 자리를 살살 문지르며 혀를 쏙 내밀었다. 그리고 선심 쓴다는 듯이 말했다.

"비밀은 지켜줄게."

그러자 복순이 누나가 어림없는 소리는 하지도 말라는 듯 쐐기를 박았다.

"얘가 점점. 아냐. 난 그런 적 없어. 네가 잘못 본 거야."

그러고는 절뚝이는 발걸음을 떼었다.

"그럼 지금 어디 가는데?"

판근이 복순이 누나를 뒤따라가며 집요하게 물었다. 복순이 누나가 걸음을 멈추지 않고 빠른 속도로 절뚝이며 쏘는 듯 말했다.

"내가 왜 그걸 너한테 말해줘야 하니?"

"거봐. 지금 삐에르 만나러 가니까 말 못하는 거잖아."

"얘가, 아니래도. 아니라고 몇 번을 말해야 하는 거니?"

"그럼 어디가는지 왜 말 못하는데?"

"아휴, 정말. 나 지금 담안 정자네 가는 거야. 새로 나온 잡지가 있다고 해서. 이제 됐니?"

복순이 누나가 걸음을 멈추고 소리를 빽 질렀다. 그러고는 이내 다시 총총히 걸음을 옮겼다.

"정말이야? 그럼 내가 정자 누나네 집까지 데려다줄게."

"됐어."

"밤도 늦었고 너무 위험하니까 내가 데려다줄게."

"개구리 뱀 생각하고 있네. 됐으니까 가서 발 닦고 잠이나 자."

둘은 말없이 고개를 넘었다. 숨을 쉴 때마다 하얀 입김이 풀려나와 어두운 저녁 하늘로 흩어졌다. 아직 녹지 않은 눈을 이고 산들은 희끗희끗했다. 낮 동안 잠시 녹았던 땅이 다시 얼어붙어 발밑에서 버석거렸다. 새들도 둥지로 돌아가 깃 속에 부리를 파묻고 잠들 시간, 판근은 절뚝이며 걸어가는 복순이 누나를 말없이 뒤따르며 생각했다. 아, 춥다.

복순이 누나는 정말로 새로 나온 잡지를 보러 정자 누나네 집으로 갔다. 웬 혹을 달고 왔느냐고 웃으며 묻는 정자 누나에게 복순이 누나는 판근이 듣기에 몹시 서운한 한마디를 했다.

"상관하지 마."

판근은 버려진 강아지 같은 심정이 되어 정자 누나의 방으로 들어가는 복순이 누나의 뒷모습을 그렁그렁 뒤쫓았다. 이런 판근의 마음을 헤아렸는지 정자 누나가 판근의 머리를 쓰다듬으며 천사와도 같은 말을 해주었다.

"너 판근이 맞지? 왜 온 건지는 모르겠지만 어쨌든 복순이랑 같이 왔으니 들어가자."

이에 판근이 금세 의기양양해져서 정자 누나에게 당당한 목소리로 말했다.

"복순이 누나 데려다주려고 온 거야. 밤에 여자 혼자 다니면 위험하니까."

그러자 정자 누나가 까르르 웃으며 판근의 볼을 꼬집었다.

"아유, 꼬마 기사님. 참 귀엽기도 하지."

복순이 누나는 벌써부터 아랫목에 배를 깔고 엎드려 새로 나온 잡지를 휘릭휘릭 넘기고 있었다. 그러다가 판근이 정자 누나와 함께 들어오는 것을 보고는 언짢은 듯 눈썹을 찌푸리며 말했다.

"너 집에 가라고 했잖아. 왜 여기까지 따라 들어오니?"

그러자 정자 누나가 복순이 누나를 곱게 흘겨보며 말했다.

"이제까지는 네 꼬마 기사였지만 지금부터는 내 손님이니까 애한테 함부로 하지 말아줬음 좋겠어."

그러면서 정자 누나가 판근을 향해 살짝 윙크하자 복순

이 누나가 새초롬하게 입술을 삐죽였다.

복순이 누나와 정자 누나는 어느새 판근의 존재 따위는 잊은 듯했다. 판근에게 찐 고구마 한 양푼을 안겨주고는 그뿐, 잡지를 넘기면서 시종 저희들끼리만 시시덕거렸다. 이 옷이 괜찮네, 저 옷은 별로네, 이런 구두 한 번 신어봤으면, 이런 목걸이는 얼마나 비쌀까, 떠들어 대다가 잡지의 어느 페이지에 이르러서는 한 여배우의 사생활에 대해 이러쿵저러쿵 찧고 까불러댔다. 판근은 따뜻한 방안에서 찐 고구마를 이미 몇 개나 먹은 데다 두 누나들이 하는 말이 너무나 지겨워서 비어져 나오는 하품을 막을 수가 없었다. 그렇게 앉아서 몇 번씩이나 하품을 쏟아내던 판근의 몸이 저도 모르게 조금씩 옆으로 기울어졌다.

"너 이거 복순이 갖다 주고 미안하다고 사과하고 와. 복순이가 어제 너 업고 온 것도 모르지? 제 한 몸 건사하기도 힘든 애가, 이 추운 겨울에, 보릿자루만 한 애를 업고 땀을 뻘뻘 흘리면서 왔더라. 도대체 거긴 왜 따라 간 거야, 사내 녀석이?"

아침에 눈을 떴을 때 자기 집 천장이 보여서 판근은 내내 기이하다 생각했었다. 복순이 누나를 하도 생각하다 보니 꿈에 복순이 누나가 나온 건가, 복순이 누나를 만나 이야기한 것이 단지 꿈이었단 말인가 하여 실망감도 들었었다. 그런데 그 모든 것이 실제였던 데다 복순이 누나가 잠든 판근을 업고 땀을 뻘뻘 흘리며 캄캄한 언덕을 절뚝이며 넘었다니! 판근은 부끄럽고, 미안하고, 또 고마웠다. 그래서 세모눈을 하고 매섭게 꾸짖는 엄마의 말에 눈물도 나오지 않았다.

판근이 엄마가 내미는 꾸러미를 받아 들려고 할 때였다. 걸레로 방바닥을 닦으며 머리카락을 주워 모으고 있던 할머니가 걸레를 내던지고 엄마에게 말했다.

"얘 에미야, 그거 내가 갓다 주면 안 되겠냐?"

그러자 엄마가 이건 또 무슨 상황인가 하여 할머니에게 물었다.

"어머니는 또 왜요?"

"그럴 일이 있다. 너는 모르는 게 속 편하니 더이상 묻지는 말고."

할머니가 웅얼웅얼 대답하자 엄마가 단호하게 말했다.

"안 돼요."

그러자 할머니가 내던졌던 걸레를 다시 주워 들고는 엄마에게 다 들리게 중얼거렸다.

"저 독한 년, 말하는 것 좀 보소. 바늘로 찔러도 피 한 방울 안 나올 거여."

엄마는 할머니가 자신을 욕하는 것에는 이미 이골이 났다는 듯 들은 척도 안 했다. 판근은 자꾸만 복순이 누나를 향한 자신의 마음을 의심하는 할머니 때문에 마음이 상했다. 그리고 그런 할머니에게 단호한 태도를 취해준 엄마가 고마웠다. 만일 엄마가 할머니 말을 들어주어 할머니더러 복순이 누나네 집에 가라고 했다면 판근은 복순이 누나를 한 번 더 만날 기회를 잃을 것이며, 그로 인해 복순이 누나에게 사과할 기회 또한 잃고 내내 미안해서 다시는 복순이 누나를 볼 수 없게 될지도 모르기 때문이었다. 그렇게 되면 복순이 누나를 통해 삐에르를 만나겠다는 계획도 물건너가는 것이었다. 판근은 우물우물하다가 일을 그르치게 될까 봐 엄마가 내민 꾸러미를 얼른 받아들고 밖으로 나갔다.

"누나, 어젯밤에는 정말 미안하고 고마웠어. 나는 누나의 은혜를 평생 잊지 못할 거야. 그러니까 그만 화 풀고 이거 받아줘."

사과의 말을 전하며 꾸러미를 내미는 판근을 쨰려보며 복순이 누나가 타박했다.

"그러게 따라오지 말라니까 왜 따라와선 사람을 그렇게 고생시키니? 너 때문에 내가 십 년은 늙었다."

판근이 사과를 하느라 조아렸던 머리를 반짝 들고 말했다.

"아냐, 누나. 누나는 하나도 안 늙었어. 누나는 어제보다 오늘이 더 예뻐."

판근의 말에 복순이 누나가 피식 웃으며 꾸러미를 받아들었다. 여자들은 예쁘다고 하면 무조건 좋아한다는 영득의 말을 제대로 써먹은 것 같아서 판근의 기분도 좋아졌다. 그래서 이참에 조금 더 용기를 내보기로 했다.

"이제 화 풀린 거지? 그런 의미에서 누나에게 할 말이 하나 있는데, 나 삐에르 좀 만나게 해줘. 내 소원이야. 꼭 좀 들어줘."

소문, 시작도 끝도 없는

"복순이가 연애를 한다네요, 글쎄."

아침밥상머리에서 엄마가 불쑥 이야기를 꺼냈다. 순간 판근은 가슴이 덜컥 내려앉아 밥맛이 뚝 떨어졌다. 뭔가 켕기는 게 있는 것처럼 할머니가 엄마에게 조심스럽게 물었다.

"그런 소리는 또 어디서 들었누?"

"상미네에서요. 벌써 동네에 소문이 파다하다던데요."

할머니가 숟가락을 내려놓으며 세상의 종말을 눈앞에 둔 사람처럼 절망적인 표정이 되어 눈을 감았다.

"어머니, 왜 그러세요?"

"아니다. 오늘은 왠지 입맛이 없구나."

"어디 편찮으세요?"

"아니래도."

할머니가 역정을 내자 엄마가 고개를 숙이고 입을 비쭉거렸다. 그러고는 밥을 큼지막하게 떠서 할머니 보라는 듯 맛있게도 먹었다. 할머니가 그런 엄마를 못마땅한 듯 쨰려보았다. 그러거나 말거나 엄마는 계속해서 밥을 달게도 먹었다. 대가리만 자른 김장김치를 손가락으로 쭉쭉 찢어 밥 위에 얹고서는 최대한 입을 크게 벌려 입속에 넣고 우물우물 맛있게도 씹어 삼켰다. 아버지가 보기만 해도 입맛이 돈다는 듯 밥 먹는 엄마를 황홀한 표정으로 바라보며 입맛을 다셨다. 그러더니 이제야 생각났다는 듯 엄마에게 물었다.

"누구랑 한대?"

엄마가 숟가락질을 멈추고 의아한 표정으로 아버지를 바라보았다.

"복순이 말야. 연애한다며. 누구랑 하냐고."

엄마는 그제서야 알아듣겠다는 듯 다시 숟가락질을 했다. 할머니는 얼굴이 흙빛이 되어 그런 질문을 한 아버지를 원망스러운 눈길로 바라보았다. 엄마가 입속에 든 밥을 다 삼키지도 않고 우물거리며 말했다.

"왜 있잖아. 읍내에 있는 삐에르라나 뭐라나. 그 양복쟁이 노총각 말이야."

그러더니 또 갑자기 숟가락을 상 위에 탁 소리가 나게 내려놓고는 입술을 앙다문 채 아버지를 쩨려보며 말했다.

"그런데, 당신이 왜 그걸 궁금해하는데?"

이번에는 아버지의 얼굴이 흙빛이 되었다. 아버지는 밥상 위로 얼굴을 처박고는 급히 숟가락을 놀려댔다. 엄마가 아버지의 옆구리를 찌르며 다시 물었다.

"당신이 왜 궁금하냐고?"

고개를 들었지만 여전히 엄마 쪽은 쳐다보지 않은 채 아버지가 볼멘소리로 말했다.

"그냥 물어보는 것도 안 돼? 난 그냥 당신 말에 맞장구쳐 준 것뿐이라고. 애 보는 앞에서 당신 너무한 거 아냐?"

"애 앞에서 창피하긴 한가 보지?"

"내가 뭘 어쨌다고. 나는 하늘을 우러러 한 점 부끄러움이 없는 사람이라고."

이때 할머니가 숟가락을 들어 상을 탕탕 내려쳤다.

"시끄럽다. 아침부터 웬 소란이란 말이냐. 어서 밥이나 먹어라."

그러고는 언제 입맛이 없었냐는 듯이 밥을 한 숟가락 퍼서 입에 넣었다. 벌써부터 밥맛이 떨어진 판근은 숟가락을 내려놓고 밥상머리에서 물러나고 싶었지만, 그랬다가는 안동김씨 삼대독자가 참 버릇도 없다고 꾸지람을 들을 것 같아 이러지도 저러지도 못하고 깨작깨작 밥을 먹었다.

입 싼 영득이 때문에 복순이 누나와 삐에르가 연애한다는 소문이 동네에 쫙 퍼졌다. 사실 소문이 어디에서부터 시작됐는지 정확히 알 수 없는 일이었지만, 판근은 아무에게도 이야기하지 않았으니, 그것을 말할 사람은 영득이밖에 없다고 판단하였다. 그래서 영득을 찾아가 따졌다.
"네가 말했지?"
"뭘?"
"복순이 누나 말야. 삐에르랑 연애하는 거."
"아니, 난 말 안 했는데."
영득이 모르는 척 오리발을 내밀자 판근은 부아가 치밀었다.
"거짓말 마. 너랑 나랑 둘이만 알고 있는 얘기였어. 나는 아무에게도 말하지 않았는데 동네에 소문이 다 났다면 너 말고 누가 말했겠냐? 너는 왜 그렇게 입이 싸냐? 비밀이라고 했는데 왜 여기저기 말하고 다녀?"
판근이 영득을 강하게 나무라자 영득이 발끈해서 소리쳤다.
"나 아니라니까!"

"그럼 누구야? 나도 아니고 너도 아니면 대체 누구냐고."

"그걸 내가 어떻게 알아?"

"네가 모르면 누가 알아?"

"그걸 왜 꼭 내가 알아야 하는 건데?"

영득의 반격에 판근은 말문이 막혔다. 이쯤 되면 영득도 아닌 게 확실했다. 영득은 입이 좀 싸긴 하지만 절대로 거짓말하는 아이는 아니었다. 세 번 물어서 아니라고 하면 아닌 것이다. 판근은 금세 시무룩해져서 걱정에 휩싸인 얼굴로 말했다.

"이제 어쩌지? 복순이 누나랑 화해한 지 얼마 되지도 않았는데. 복순이 누나가 분명히 날 의심할 거야."

이에 영득이 판근의 어깨를 다독거리며 위로했다.

"괜찮아. 네가 말하지 않았으면 된 거지 뭐."

"복순이 누나가 찾아와서 따지면 어떻게 하지?"

"아니라고 해야지. 네가 말한 게 아니니까."

"복순이 누나가 믿어줄까? 난 이제 복순이 누나 얼굴을 어떻게 봐야 할지 모르겠어."

"당분간 안 보면 되지."

"어떻게 그래?"

"복순이 누나가 찾아오면 없는 척해."

"있는데 어떻게 없는 척해."

"그럼 죽은 척해."

"그건 더 말이 안 되지. 멀쩡히 살아있는데 어떻게 죽은 척을 해. 그리고 이제 곧 학교에 가면 길에서 만날 수도 있잖아."

"그건 그렇지."

판근이 한숨을 내쉬자 영득이 더 크게 한숨을 내쉬었다. 그러자 판근이 탄식하며 더 큰 한숨을 내쉬었다.

"이제 삐에르는 못 만나는 거겠지?"

영득이 눈동자 가득 슬픔과 아쉬움을 담아 판근을 바라보며 말했다.

"아마도."

판근이 우울한 얼굴로 영득에게 말했다. 영득이 또 한숨을 내쉬며 나직이 읊조렸다.

"아아, 드자이너의 길은 정말 멀고도 험하구나. 불쌍한 김판근."

시간이 지나 방학이 다 끝났는데도 복순이 누나는 판근을 찾아오지 않았다. 판근에게는 매우 다행스런 일이었으나 한편으로는 짜증나는 일이기도 했다. 매도 먼저 맞는 게

낫다고, 복순이 누나가 언제 들이닥칠지 몰라 늘상 마음을 졸여야 하는 이 상황이 판근은 너무나도 피곤하고 불편했다.

깨진 얼음장 밑으로 냇물이 졸졸 흐르고, 버들강아지 낭창한 가지에 연두색 물이 오르는가 싶더니 어김없이 꽃샘추위가 찾아왔다. 코끝에 매달린 콧물이 얼어버릴 정도로 그해의 꽃샘추위는 참으로 맵찼다. 새 학기가 시작된 지 벌써 며칠이 지났건만 복순이 누나에게선 여전히 감감무소식이었다. 한 번쯤은 어느 골목을 지키고 있다가 갑자기 짠 나타나서 판근의 염통을 쪼그라들게 할 법도 한데, 복순이 누나는 살았는지 죽었는지 온 동네에 염문만 무성하게 뿌려놓고선 두문불출인가 보았다. 하긴, 처녀의 몸으로 온 동네가 떠들썩할 정도로 대단한 연애사건을 일으켰으니 부끄럽긴 할 터였다. 판근은 남부끄러워서 밖으로 나오지도 못하는 복순이 누나가 불쌍하긴 했지만 차라리 다 잘 되었다 생각하기로 했다. 원래 아름다운 사랑에는 지독한 시련이 따르는 법, 조선 최고의 미녀 복순이 누나의 사랑이라면 이쯤은 돼야 마땅했다. 더구나 복순이 누나의 아버지가 동네에 떠도는 소문을 듣고 격노한 나머지 복순이 누나의 나머지 다리 한쪽마저 부러뜨렸다는 소식은 없으니, 이 순간만 잘 참고 견디면 언젠가는 반드시 아름다운 사랑을 완성시킬 수 있을 것이다. 지금은 단지 부끄러운 것뿐이니까. 복순이 누나가 밖으로 나오지 못하는 것은 그저 순진한 처녀의 수줍음일 뿐이니까. 이 순간이 지나고 동네에 떠도는 소문이 잠잠해지면 복순이 누나는 다시 삐에르를 몰래 만나 사랑을 하게 될 것이다. 그때가 되면 부디 들키지 말기를.

바람 한 줄기가 불어와 이런저런 생각에 잠겨 길을 걷던 판근의 뺨을 사정없이 후려쳤다. 판근은 흘러내린 콧물을 훌쩍 들이키고는 꽝꽝 얼어붙은 하굣길을 전속력으로 달리기 시작했다. 가까이 있으나 좀처럼 만나기 힘든 삐에르처럼 봄도 그렇게 올 듯 말 듯 쉽사리 오지 않았다. 그러나 언젠가 봄은 반드시 찾아올 것이고, 삐에르도 그렇게 판근의 곁으로 다가올 것이라 판근은 굳게 믿었다.

그날 저녁, 동네 아줌마들 몇 명이 판근의 집으로 마실을 왔다. 명목은 곧 있을 부녀회의 봄맞이 대청소에 관해 논의한다는 것이었는데, 이날 화제의 중심은 단연 복순이 누나의 연애에 관한 것이었다.

"그나저나 요즘 복순이 얼굴 보기가 참 힘드네."

복순이 누나네 옆집 사는 상덕이 형네 엄마가 의뭉스럽게 서두를 떼자, 상미 엄마가 기다렸다는 듯 말을 받았다.

"형님도 참, 요즘 복순이가 연애하느라 한창 바쁠 텐데 동네 사람들한테 낯짝 구경이나 시키려고 집에 가만히 들어앉아 있겠어요?"

"내 말이 그 말이야. 일단 사랑에 눈이 뒤집혔다 하면 잔뜩 바람 든 궁둥이가 들썩거려서 병든 에미 애비도 몰라보고, 코흘리개 자식새끼도 헌신짝처럼 내팽개치는 마당인데 복순이라고 뭐 안 그렇겠어?"

"복순이야 병들어 자리보전하고 있는 부모가 있는 것도 아니고, 다리를 좀 절어서 그렇지 시집도 안 간 처녀 몸인데 얼마나 자유로워? 그러잖아도 그 나이 때는 마음이 나비처럼 가벼워서 이 꽃 저 꽃 찾아다니다 제 짝 만나 한 세상 꿈꾸듯이 살아보고 싶은 것인데, 이제 연애까지 하게 됐으니 마음이 얼마나 솜털 같겠어."

"그런데 복순이 아버지 그 깐깐한 양반이 복순이가 연애한다는 소문이 파다하게 났는데도 어째 조용하네요."

"왜, 나머지 한쪽 다리도 마저 부러뜨렸으면 싶어?"

상미 엄마가 걱정스런 기색은 하나 없이 순전히 호기심으로만 묻자, 영득이 엄마가 핀잔을 주었다. 그러자 상미 엄마가 입을 비쭉거리며 되받아쳤다.

"누가 그렇대? 딸년 미스코리아 나간다고 그 난리를 쳤던 양반이 정작 연애한다는 소리에는 조용하니까 그러는 거지."

"딸년 인생 한 번 망쳤으면 됐지, 두 번 망칠 일 있어? 아끼다 똥 된다고, 이번 기회에 연애 제대로 해서 총각한테 시집가면 좋지 뭐. 복순이 인물이 아무리 반반해도 다리 저는 병신인데, 후처자리 말고 또 어디로 시집을 가겠어? 그거 싫으면 평생 처녀귀신으로 늙어 죽는 꼴을 봐야 하는데, 멀쩡한 총각하고 연애를 한다니 복순이 부모 입장으로는 오히려 쌍수를 들고 환영할 일이지."

상덕이 형네 엄마가 조리 있게 말하자 모두가 한몸이 된 듯 동시에 고개를 주억거렸다.

"그나저나 복순이는 그 몸으로 어떻게 멀쩡한 양복쟁이 총각을 꼬셨대요?"

"꼬시긴 누가 누굴 꼬셔? 다리가 그렇게 되고부터 사람 얼굴도 똑바로 못 쳐다보고 통 웃지도 않는 애가 설마 먼저 연애를 걸었겠어?"

상미 엄마의 철딱서니 없는 물음에 이번에도 또 영득이 엄마가 나서서 퉁을 주었다. 그도 그럴 것이, 그 자리에 모인 아줌마들은 모두 상미네 집에서 가발 부업을 하고 있거나 한 적이 있는 사람들이었지만 영득이 엄마는 단 한 번도 가발 부업을 한 적이 없기 때문이었다. 즉 그 말은, 영득이 엄마만큼은 상미 엄마와 갑을관계를 맺은 적이 한 번도 없다는 얘기였다. 앞으로도 계속 그럴지는 알 수 없는 일이었지만, 어쨌거나 아직까지는 상미 엄마가 하는 철부지 같은 말에 다들 속으로만 언짢아하며 욕을 할 때, 영득이 엄마는 대놓고 상미 엄마에게 욕을 할 수 있는 유일한 사람이었다.

"그럼 양복쟁이 총각이 먼저 연애를 걸었을까요?"

이번에는 판근의 엄마가 조심스런 목소리로 물었다. 그때까지 아랫목에 엎드려 숙제를 하는 척하면서 아줌마들의 이야기를 다 듣고 있던 판근은 엄마마저 삐에르를 양복쟁이라고 부르는 것이 심히 부적절하다고 생각되어 바로잡아주고 싶었다. 삐에르는 양복쟁이가 아니라 드자이너라고! 그러나 그랬다가는 판근이 아줌마들끼리 나누는 이야기를 다 듣고 있었을 뿐만 아니라 주제넘게 끼어들기까지 했다는 죄를 물어 당장에 다른 방으로 쫓겨날 것 같아 잠자코 있기로 했다. 이럴 때 할머니가 옆에 있었다면 삐에르를 이르는 잘못된 호칭을 당장에 바로잡고도 쫓겨날 염려따위 하지 않아도 되었을 텐데, 할머니는 할 일 없는 동네

여편네들이 쓸데없이 떠드는 꼴이 보기 싫다고 혀를 쯧쯧 차며 아랫집 할머니네로 점 십짜리 화투를 치러 가고 없었다. 판근은 잘못된 것을 잘못됐다고 말할 수 없는 자신의 처지가 몹시 안타까웠지만, 때론 대大를 위해 소小를 희생하기도 해야 하는 법이며 지금이 바로 그런 때라고 애써 자신을 위로했다.

"그거야 모르지. 남녀 간에 눈이 맞는다는 것이 무 갈라 놓듯 그렇게 선후좌우 확실한 일은 아니니까. 누가 먼저 연애를 걸었든 그게 중요한 문제도 아닌 거고."

부녀회장 아줌마가 쓸데없는 이야기에 힘 빼지 말라는 듯 못을 박았다.

"그런데 복순이가 읍내 양복쟁이랑 연애하는 게 확실하긴 확실한 거예요? 아무리 생각해도 둘이 만나 연애한다는 것이 말이 안 되는 것 같아서요."

"뭐가 말이 안 된다는 거야?"

"그렇잖아요. 읍내에서 남자 양복만 만지는 양복쟁이랑 이 촌구석에서 다리 저는 복순이랑 만날 일이 없잖아요."

그때까지 아무 말 없이 듣기만 하던 백 선생네 며느리가 아무리 생각해도 납득이 되지 않는다는 듯 불쑥 물었다. 도회지에서 시집온 백 선생네 며느리는 역시 같은 처지의 판근이 엄마와 죽이 제법 잘 맞아, 어린 나이임에도 불구하고 부녀회 일에 깊숙이 관여하게 되었다. 그러나 부녀회에서 나이 제일 어린 막내인지라 늘 궂은 일만 도맡고, 층층시하 언니들 틈에서 기를 펴지 못하였다. 그럼에도 불구하고 도시 깍쟁이답게 이성적인 데다 자기 앞가림은 잘 할 줄 알아서 할 말이 있으면 어떻게든 다 하는 편이었다.

"하긴 그렇네."

"복순이가 읍내 양복쟁이랑 연애하는 거 본 사람 있대요?"

백 선생네 며느리의 말에 판근의 가슴이 쿵 내려앉았다. 그러나 곧 정신을 차리고 침착하려 노력했다. 둘이 연애하는 걸 봤기야 봤지마는 자신은 아무에게도 말하지 않았으니 이를 본 제삼자가 따로 있을지도 모른다는 생각에서였다. 만일 자신 말고 또 다른 사람이 그 장면을 목격해서 말을 퍼뜨렸다면, 판근은 복순이 누나의 연애에 관해 발설함으로써 복순이 누나를 곤란에 빠뜨렸다는 혐의에서 벗어나 이제부터는 당당하게 복순이 누나를 대면할 수 있을 것이었다. 그리고 삐에르를 제발 한 번만 만나게 해달라고 다시 한번 매달려볼 수도 있을 것이었다. 판근의 이런 사정을 알아챘을 리야 없겠지만 백 선생네 며느리는 둘러앉은 아줌마들에게 다시 한번 집요하게 물었다.

"그런데 읍내 양복쟁이랑 복순이랑 연애한다는 소문은 어디서부터 시작된 거예요?"

"글쎄."

모두가 고개를 갸웃거리고 있을 때 영득이 엄마가 불쑥 나서며 외쳤다.

"아, 소문에 시작이 어디 있고 끝이 어디 있어. 다 그렇다니까 그런가 보다 하는 거지."

이 말에 숙제하던 판근의 연필 끝이 뚝 부러졌다. 영득이 엄마의 말이 소문의 진원지를 대충 얼버무리겠다는 것처럼 들려서 판근은 저 혼자 얼굴이 붉으락푸르락해졌다. 판근은 이를 부득부득 갈며 속으로 외쳤다.

'영득이 이 배신자 새끼!'

복사꽃 사랑

 봄이 왔다. 세상을 온통 얼려버릴 듯 매서웠던 꽃샘추위가 독사 같은 시어머니 간밤에 안녕하듯 맥없이 사라지자 봄은 순식간에 찾아왔다. 그동안 어떻게 참아왔는지, 봄은 영득이네 개나리 울타리를 온통 노란색으로 물들여놓더니, 연두색 잎이 돋는 앞산 뒷산에 연홍색 진달래 꽃무더기를 담쑥담쑥 피워 올렸다. 꽃다지와 할미꽃이 지천으로 피어 있는 무덤가는 어느새 윙윙 붕붕 봄에 겨운 날갯짓을 해대는 벌 나비들로 어지러웠고, 그들이 추는 깨춤에 박자를 맞추기라도 하듯 제비들은 부지런히 처마 밑에 집을 지었다. 동네 아낙들은 봄볕 아래 자울자울 졸고 있던 바지랑대를 뽑아 들고 여기저기 지어놓은 제비집을 딱 하나만 남겨놓고 모두 허물거나, 아직은 비어 있는 들판 가득 돋아난 냉이며 쑥이며 씀바귀를 뜯기 위해 남의 집 논둑 밭둑을 타 넘느라 정신이 없었다.

봄물 든 마을에 아지랑이 넘실거리고, 복순이 누나네 집 마당에 심긴 살구꽃 봉오리는 금방이라도 터질 듯 한껏 부풀어 올랐는데, 활짝 핀 살구꽃 보다 만 배는 어여쁜 복순이 누나는 웬일인지 여전히 두문불출이었다. 그새 동네 사람들 몰래 시집이라도 간 건 아닐 텐데, 너도나도 묵은 기지개를 켜며 밖으로 쏟아져 나오는 이때, 복순이 누나는 코빼기도 볼 수 없었다.

'정말 연애하느라고 바쁜 걸까? 아무리 바빠도 그렇지, 하루 종일 바쁜가? 하루 종일 바빠도 그렇지, 밤에는 들어오고 아침에는 나갈 것 아닌가? 그런데 왜 며칠 동안 한 번도 볼 수 없는 거지? 아예 삐에르네 가게에 붙어사나?'

판근은 마루 끝에 나와 앉아 건너편 복순이 누나네 집 마당의 살구나무를 바라보며 생각에 잠겼다. 복순이 누나가 금방이라도 찾아올 것 같았을 때는 행여라도 마주칠까 가슴이 두근두근하더니, 너무 오랫동안 보이지 않으니 한 번쯤 먼발치에서나마 보고 싶은 마음이 들었다.

"아가, 오늘은 왜 이렇게 일찍 왔냐? 어디 아픈 게냐?"

텃밭이라도 매고 왔는지 손에 호미를 든 할머니가 마루 끝에 나앉아 깊은 생각에 잠겨 있는 판근을 발견하고는 걱정스러운 얼굴로 물었다.

"오늘은 토요일이잖아, 할머니."

"오늘이 반공일인데 왜 그렇게 시르죽은 얼굴을 하고 앉아 있는 게냐? 배고파서 그러냐? 에미는 어디 갔냐? 얘, 에미야."

"할머니, 나 배 안 고파."

"정말 어디가 아픈 게로구나. 점심때가 지났는데도 배가 안 고프다니. 그 나이 때는 밥 먹고 돌아서면 배가 고픈 법인데."

할머니가 마루 끝에 나앉은 판근의 이마를 짚으며 금방이라도 눈물을 터뜨릴 것 같은 얼굴을 했다.

"할머니, 나 안 아파."

판근이 이마에 올려진 할머니의 손을 치우며 말했다.

"그럼 왜 그렇게 울상을 하고 있는 게냐? 학교에서 무슨 일이라도 있었던 게냐? 에구 내 강아지, 딱하기도 하지."

할머니가 판근을 끌어안으며 등을 다독였다.

"할머니, 나 학교에서 아무 일도 없었어."

판근이 할머니의 품을 빠져나오며 힘없이 말했다.

"그럼 누구랑 싸웠냐? 혹시 맞은 거냐? 이 할미한테 다 말하거라. 내 가서 혼구녕을 내줄 테니."

"아냐, 할머니. 그런 거 절대 아냐."

"그럼 대체 왜 그러는 게냐? 이 할미한테 말해라. 아주 애가 닳아 살 수가 없구나."

할머니는 마음이 아파 견딜 수가 없다는 듯 울상을 지으며 가슴을 쓸어내렸다. 판근은 할머니를 물끄러미 바라보고 있다가 한숨을 내쉬며 낮게 뇌까렸다.

"봄이 왔는데 내 마음은 아직도 겨울인 것 같아. 나는 그게 이상해, 할머니."

그러자 언제 어디서든 무조건 판근의 편이 되어주는 할머니가 이번에도 판근을 편들고 나섰다.

"괜찮다, 아가. 그런 일로 코 빠뜨리고 있을 거 하나도 없다. 사람 생긴 대로 마음도 제각각인데, 봄이야 일찍 찾아올 수도 있고 늦게 찾아올 수도 있지. 그리고 봄이 일찍 찾아온다고 좋을 건 또 뭐냐? 발정 난 고양이마냥 괜히 헛바람만 들어서 여기저기 싸돌아다니며 사고나 치고 다닐 테지. 철 따라 산다는 건 그저 다 마음의 장난인 게야. 너는 아직 철이 없어도 될 나이이니 아무 걱정 말아라. 봄 여름 가을 겨울, 철들어 살아야 하는 나이가 되었는데도 봄이 안 오면 이 할미가 불러다줄 테니 아무 걱정 하지 마라."

할머니가 하는 말을 정확히 이해할 수는 없었지만 판근

은 묘하게 안심이 되었다. 그래서 할머니의 주름진 목을 끌어안고 조그맣게 속삭였다.

"고마워, 할머니."

할머니가 새끼 새처럼 안겨드는 판근의 엉덩이를 다독이며 쓸쓸하게 말했다.

"아이고, 귀여운 내 강아지가 벌써 철이 드는 모양이구나. 그런 말을 다 할 줄 알고. 그렇지만 아가, 너무 일찍 철들진 말아라. 네가 일찍 철들어버리면 나는 왠지 무척 섭섭할 것 같구나."

절뚝이며 걸어간다. 조선 최고의 미녀 복순이 누나가.

아름다운 깃을 접고 퇴화된 날개로 흔들리며 걸어간다.

그림자마저 삼켜버린 정오의 빛이 그녀의 정수리에 떨어진다.

환한 빛도 녹여버리지 못한 저 견고한 슬픔.

저것은 사랑하는 사람의 얼굴이 아니다.

어느덧 그녀의 발밑에서 자라나기 시작하는 그림자.

흔들린다.

바람도 불지 않는데 휘청휘청.

흔들리며 걸어간다.

복순이 누나가 나타난 것은 복사꽃이 분홍색 꽃망울을 하나 둘 터뜨리기 시작할 때였다. 한낮의 빛 속을 한없이 느리게 걷는 복순이 누나는 많이 야윈 모습이었다. 판근은 오랜만에 만난 복순이 누나가 무척 반가웠지만, 한편으로는 복순이 누나가 동네에 떠돌던 소문에 대해 따져 물을 것 같아 복순이 누나를 보고도 쉽사리 다가가지 못했다. 그래서 판근은 짝사랑하는 연인의 뒤를 밟듯 멀찍이 떨어져 복순이 누나의 뒤를 살금살금 따라갔다. 복순이 누나가 멈추면 판근도 멈췄다. 복순이 누나가 주저앉아 길가에 핀 꽃을 하염없이 바라보고 있으면 판근도 저만치 떨어진 곳에서 딴청을 피웠다. 그러다가 복순이 누나가 일어서서 다시 걸으면 판근 또한 발걸음 소리가 나지 않게 조심하면서 다시 걸었다. 오래 묵어 빛바랜 흑백사진처럼 노란 정적이 떠도는 동네 저편 어디에선가 뻐꾸기 한 마리가 구슬프게 울었다. 뻐꾹 뻐꾹 뻐뻐꾹.

 얼마나 걸었을까? 복순이 누나가 갑자기 뒤돌아서 판근을 향해 손짓했다. 판근은 가슴이 덜컥 내려앉았다. 뒤돌아 도망치려 했으나 발걸음이 떨어지지 않았다. 판근이 멀뚱히 서서 복순이 누나를 바라보고 있는 동안 복순이 누나는 계속해서 판근에게 손짓했다. 판근이 쭈뼛쭈뼛 복순이 누나의 곁으로 다가가자 복순이 누나가 곱게 흘겨보며 새침하게 말했다.

"너 왜 자꾸 나를 따라오니?"

"누나 따라온 거 아냐."

"아까부터 다 봤어. 나 따라온 거 맞잖아."

얼굴이 와락 붉어진 판근이 눈을 내리깔고 뭐라 웅얼거렸다.

"뭐라고?"

"아니, 난 그냥……, 저기 있잖아……, 내가 있잖아, 누나를 따라오려고 그런 건 아닌데……, 저기……, 누나 미안해."

판근이 횡설수설 되도 않는 말을 늘어놓자 복순이 누나가 피식 웃었다.

"뭐가 미안하니?"

"그냥……, 누나를 따라와서."

복순이 누나는 아무 말 않고 돌아서서 다시 길을 걸었다. 절뚝절뚝 걷는 발걸음이 위태로웠다. 판근은 못 박힌 듯 그 자리에 서서 복순이 누나의 뒷모습을 바라보았다. 몇 발짝 걸어가던 복순이 누나가 뒤를 돌아보며 판근을 향해 소리쳤다.

"안 오니?"

판근은 어금니가 다 보일 정도로 크게 미소 지으며 복순이 누나 옆으로 바짝 따라붙었다.

둘은 한동안 아무 말 없이 걷기만 했다. 절뚝이는 복순이 누나의 걸음을 따라 판근도 절뚝였다. 저도 모르게 그렇게 되었다. 발밑에서 점점 늘어나는 그림자도 따라서 절뚝였다. 온 세상이 기우뚱거리며 길을 내주었다.

"누나, 그동안 왜 안 보였어? 계속 집에만 있었던 거야?"

판근이 긴 침묵을 깨고 복순이 누나를 올려다보며 물었다.

"아팠어."

"어디가?"

"폐렴."

그러고 보니 복순이 누나의 얼굴이 창백한 것 같았다. 뒷모습이 어딘가 위태로워 보였던 이유도 그 때문인 듯했다. 판근은 복순이 누나가 너무나 가여워서 가슴이 아팠다.

"많이 아팠어?"

"응."

"얼마나 아팠어?"

"죽을 뻔했지. 서울 큰 병원에서도 고치기 힘들었는지 낫는 데 한참 걸렸어."

"그럼 지금까지 병원에 있었던 거야?"

"응."

"그럼 이제 다 나은 거야?"

"응. 그렇지만 당분간 조심해야 한대. 몸이 많이 약해졌으니 많이 걷고 햇볕도 많이 쬐라더라."

그때 문득 어떤 생각이 판근의 뇌리를 스쳤다. 판근은 급격히 침울해져서 울먹이는 목소리로 복순이 누나에게 물었다.

"나 때문이지? 그때 밤에 나 업고 오느라 힘들어서 그런 거지?"

"아니야, 그런 거."

"누나, 정말 미안해."

"또 뭐가 미안하니?"

"그냥 다. 나는 누나한테 온통 미안한 것밖에는 없어."

복순이 누나가 멈춰 섰다. 판근도 따라서 멈췄다. 그러나 감히 복순이 누나와 눈을 마주치진 못하고 그저 긴 치마 밑으로 드러난 복순이 누나의 젓가락같이 가느다란 발목만 바라보았다. 복순이 누나가 한 손으로 판근의 머리카락을 흩뜨리고는 다시 절뚝이는 발걸음을 떼었다. 바람이 불어와 복순이 누나의 목덜미에 흘러내린 머리카락을 어루만졌다. 바람에서 어쩐지 병원 냄새가 나는 것 같았다. 판근의 눈시울이 젖어들었다. 봄바람도 이렇게 시릴 때가 있다는 걸 판근은 처음 깨달았다.

복순이 누나가 서울 큰 병원에서 오래 앓다 왔다는 사실이 알려졌는데도 복순이 누나가 삐에르와 연애한다는 소문은 도통 사그라들 줄을 몰랐다. 복순이 누나의 부모님은 처음에 이 소문을 듣고 동네 사람들을 향해 방방 뛰었다. 폐렴에 걸려 오늘 낼 하는 애가 어찌 연애를 하겠으며, 설사 연애를 한다손 치더라도 부모가 되어서 어찌 그걸 모르겠냐는 것이었다. 게다가 복순이 누나의 애인으로 지목된 삐에르라는 자는 복순이 누나가 서울 큰 병원에서 40도가 넘는 고열에 시달리며 생사의 고비를 오락가락할 때 코빼기조차 디밀지 않았다고 했다. 애인이라면 꽃다발이나 복숭아 통조림을 들고 문병을 와 병자의 손을 꼭 잡고 눈물을 흘리며 까만 밤을 하얗게 지새워야 마땅할 터, 하지만 그자는 두 내외가 번갈아가며 병자 옆에서 밤을 새우고 눈물을 흘리고 한숨을 내쉬느라 뺨이 푹 꺼지고 눈 밑이 검어지는 동안 단 한 발짝도 들이밀지 않았노라 했다. 그리고 자기들은 하나뿐인 고명딸이 행여 남들한테 손가락질이라도 받을까 봐 항시 노심초사하며 참하게 키워왔기 때문에 복순이 누나만큼은 못된 송아지 엉덩이에 뿔 나 부뚜막에 먼저 오르는 되바라진 짓은 절대 하지 못한다고 했다. 이 말에 사람들은 그렇게 참하게 키우느라 미스코리아 대회에 나가겠다는 하나뿐인 고명딸 다리를 부러뜨려 아예 들어앉힌 모양이라고 수군거리며 입을 비쭉였다. 그러나 그날따라 점십짜리 화투도 치러 가지 않고 방 한구석에 쪼그리고 앉아 양말을 깁던 판근의 할머니가 모여서 수군거리던 여자들의 이야기를 엿듣고 대차게 일갈함으로써 이 말은 다시는 해서는 안 될 말이 되었다.

"남 아픈 데다 제대로 소금 뿌리고들 있네. 복순이 아버지가 그 일로 해서 얼마나 애를 태우고 속을 썩였는지 곁에서 똑똑히 보고도 그런 소리들을 해? 남의 말이라고 그렇게 함부로 하는 게 아녀. 말이라도 할 말과 못할 말이 있는 법이거늘, 어찌 그리 생각들이 없누? 못됐다, 참 못됐어."

할머니의 말에 다들 부끄러워 얼굴을 붉히며 자리를 털고 일어났지만, 역시 엎드려 숙제하는 척하며 이 모든 걸 지켜보고 있던 판근은 할머니를 새삼 존경하게 되었다.

복순이 누나의 부모님이 펄쩍펄쩍 뛰며 동네에 떠도는 소문을 강하게 부정했음에도 불구하고 정작 소문의 당사자인 복순이 누나는 이에 대해 쓰다 달다 말이 없었다. 서울 큰 병원에서 돌아온 복순이 누나의 첫 산책에 우연히 동행하게 된 판근은 이후 복순이 누나와 가끔 산책을 같이 하게 되었는데, 어느 날 판근이 두려움을 무릅쓰고 복순이 누나에게 물었다.

"누나는 소문 못 들었어?"

"무슨 소문?"

"누나가 삐에르랑 연애한다는 소문."

"들었어."

"그런데 왜 아무 말도 안 해?"

"무슨 말을 해야 하는 건데?"

"당연히 아니라고 해야지."

"내가 아무리 그래봤자 사람들이 믿어주겠니? 그리고 네가 봤다며. 나랑 삐에르랑 연애하는 거."

복순이 누나가 마치 남의 일인 듯 담담하게 말했다. 판근은 왠지 모르게 부끄럽고 미안해졌다.

"그런데 누나, 지금 생각해보니까 그게 누나랑 삐에르였는지 확실하지가 않아. 달이 뜨긴 했지만 밤이었잖아. 그리고 너무 멀리서 봤기 때문에 내가 잘못 봤을 수도 있을 것 같아."

복순이 누나가 재미있다는 듯 살짝 미소 지었다. 미소 짓는 복순이 누나는 천사처럼 예뻤다. 판근은 천사처럼 웃는 복순이 누나를 감탄 어린 시선으로 바라보며 속으로 생각했다.

'나이 차이만 덜 났어도 복순이 누나랑 결혼하는 건데……'

판근은 복순이 누나가 한쪽 다리를 저는 게 아니라 두 다리가 몽땅 잘려 없었더라도 누나를 사랑할 수 있을 것 같았다.

"그런데 누나, 그 소문 내가 말한 거 아냐."

"알아."

"어떻게 알아?"

"그냥 알아."

"사실 영득이한테는 말했어. 그 새끼가 그렇게 입이 싼 줄 몰랐거든."

"괜찮아."

복순이 누나는 천사가 분명했다. 이럴 줄 알았으면 자신의 잘못을 더 일찍 고백할 걸 그랬다고 판근은 후회했다.

"그런데 누나, 정말 삐에르랑 연애하는 거 아니지?"

판근이 조심스레 묻자 복순이 누나가 고개를 끄덕였다. 동시에 판근이 품은 마지막 기대가 푸른 하늘 저 너머로 훨훨 날아가 버렸다. 그러나 판근은 왠지 마음 한편이 후련해지는 기분이었다. 그래도 조금은 아쉬운 마음이 남아서 판근은 터벅거리는 걸음으로 복순이 누나를 뒤따랐다.

각자의 생각에 잠겨 한참을 말없이 걷고 있는데, 복순이 누나가 갑자기 멈추어 서서 판근을 돌아보며 말했다.

"판근아, 있잖아. 내가 너한테 도움을 줄 수는 없지만 나는 네가 꿈을 꼭 이루었으면 좋겠어."

마음씨 착한 복순이 누나, 조선 최고의 미녀 복순이 누나, 그녀의 등 뒤에서 하얀 날개가 솟아올랐다. 환한 빛에 둘러싸여 미소 짓는 그녀는 천사가 분명했다.

"여자의 마음은 정말이지 알 수가 없구나. 복순이가 연애를 하는데 왜 네 엄마가 들떠서 난리인지 모르겠다."

밭에서 일하느라 땀에 푹 젖어 돌아온 아버지가 몹시 피곤해하며 말했다. 마치 아버지가 지친 건 밭일 때문이 아니라 끊임없이 이어지는 엄마의 수다 때문이었다는 듯. 판근 역시 동네 아줌마들이 왜 그렇게 복순이 누나의 연애 이야기에 열을 올리는지 이해할 수 없었다. 그것이 근거 없는 뜬소문이라는 사실이 뻔히 드러났는데도 말이다. 판근 또한 아버지처럼 몹시 피곤해져서 아버지의 말에 동감의 뜻을 표했다.

"그러게 말이야."

샘에서 발을 씻으며 부자간의 대화를 듣고 있던 할머니가 여태 그것도 모르느냐는 투로 말했다.

"복사꽃이 피었잖냐. 에미도 여자인 게지."

어느 날 판근은 복순이 누나가 나오는 꿈을 꾸었다

그리고 생애 첫 몽정을 하였다. 잠에서 깬 판근은 이게 무슨 상황인지 정확히 알 수는 없었지만, 자신이 왠지 순결한 처녀인 복순이 누나를 더럽힌 것 같아 심한 죄책감에 빠져들었다. 판근은 젖은 팬티를 그대로 입은 채 그 밤 내내 아무도 몰래 흐느꼈다.

판근, 삐에르에게 실망하다

 아침에 일어났을 때, 판근은 기분이 좋지 않았다. 몸 여기저기가 아픈 데다 이마가 펄펄 끓었다. 눈 밑이 검어지고 볼이 붉게 달아올랐다. 머리가 빙빙 돌고 기운이 없어서 제대로 앉아 있기도 힘들었다. 젓가락을 든 손이 덜덜 떨려서 아침밥 먹기조차 힘들었던 판근은 그렁그렁한 눈으로 아버지를 바라보며 말했다.

"아버지, 나 아파. 오늘은 학교에 안 가면 안 될까?"

그러자 아버지가 매우 의심스럽다는 눈초리로 판근을 째려보았다. 그러고는 어림도 없다는 듯 묵묵히 밥을 먹었다.

"아버지, 나 아프다니까."

판근이 기운 없는 소리로 아버지에게 다시 말했다. 아버지는 판근과 눈도 마주치지 않고 심상하게 물었다.

"어디가 아프냐?"

"다 아파. 머리도 아프고, 팔도 아프고, 다리도 아프고, 온몸이 다 쑤셔."

"다 아프면 하나도 안 아픈 거나 마찬가지다. 쓸데없는 소리 말고 얼른 밥 먹고 학교 가라."

"아버지, 나 정말 아프단 말야."

"그래도 일단 학교에는 가라. 학교 가기 싫어서 아픈 건 학교에 가다 보면 안 아파진다. 그래도 아프거든 조퇴를 해라."

아버지가 워낙 엄격하게 얘기해서 그런지 늘 판근의 편이 되어주던 할머니마저 아픈 판근을 모른 척했다. 아버지와는 개와 고양이처럼 늘 다투기만 하던 엄마도 이때만큼은 아버지와 한통속이 되어 이미 서러워질 대로 서러워진 판근의 마음을 더 서럽게 만드는 말을 아무렇지도 않게 쏟아놓았다.

"사람이 가져야 할 제일 큰 덕목은 바로 성실함이야. 학생이 책가방 메고 학교에 가는 게 이 세상에서 제일 쉬운 일인데, 그렇게 쉬운 일 하나 제대로 못하면 나중에 무슨 일인들 제대로 할 수 있겠니? 조금 아프다고 자꾸 학교에 빠지고 그러면 나중에 커서 네 아버지 같은 사람밖에 안 되는 거야. 알겠니?"

그러자 할머니가 매우 못마땅한 표정으로 엄마를 흘겨보며 말했다.

"말 차암 예쁘게 한다. 서로 눈맞아 좋다고 찾아와서는 같이 살게 해달라고 울며불며 매달릴 때는 언제고, 내 아들이 어디가 어떻다고 그러냐?"

"어머, 어머니, 제가 언제 그랬어요? 울고불고 난리 친 건 이 사람이죠."

엄마가 억울한 사람처럼 펄쩍 뛰며 말했다.

"그땐 제 눈에 콩깍지가 씌었었나 봅니다."

아버지가 큼큼 헛기침을 하며 말하자 엄마가 상 밑에서 아버지의 허벅지를 꼬집었다. 아버지가 꽥 비명을 지르자 엄마는 당최 무슨 일인지 모르겠다는 표정으로 시치미를 떼며 일어섰다. 숭늉을 가지러 부엌으로 가는 엄마의 뒤통수를 할머니가 날카롭게 째려보며 중얼중얼 욕설을 내뱉었다.

"저 저 승냥이 같이 얌통머리 없고 독한 년."

야속한 아버지 때문에 판근은 거의 기다시피 학교에 갈 수밖에 없었다. 학교에 가서도 너무 아파 책상에 머리를 묻고 아침자습 내내 울기만 했다. 반장이 칠판에 '떠든 사람 김판근'이라고 적었다. 몹시 부당한 행동이었지만, 판근은 너무 아파서 따질 기운조차 없었다. 몸은 아프고, 아침부터 서러웠던 마음이 이제 억울해지기까지 했다. 판근은 온 세상이 자기를 너무 홀대한다고 생각되어 얼굴을 묻은 팔이 흠뻑 젖을 때까지 펑펑 울었다.

아침 조회를 하러 온 담임 선생님이 얼굴이 핼쑥해져서 의자에 힘없이 기대앉은 판근을 보고 조회가 끝나면 교무실로 오라고 했다. 아침자습 시간에 떠든 것도 괘씸한데 의자에 삐딱하게 기대앉기까지 한 모습이 몹시 불량하다고 생각되어 혼을 내주려나 보다, 라고 생각한 판근은 지레 겁을 먹었다. 그리고 이 세상은 왜 유독 자기한테만 이토록 가혹한 것인가 하여 설움이 복받쳤다.

거북이걸음으로 느릿느릿 걸어서 교무실에 도착한 판근이 담임 선생님의 책상 앞에 서자 수첩에 무엇인가를 적어 넣던 담임 선생님이 수첩을 덮으면서 판근을 올려다보았다. 그리고 판근이 평생 들었던 말 중에 가장 따뜻한 말을 건넸다.

"어디 아프니?"

담임 선생님의 말을 들은 판근이 눈물을 뚝뚝 떨어뜨렸다. 담임 선생님이 몹시 걱정스러운 얼굴로 한 손을 들어 올려 울고 있는 판근의 이마를 짚었다.

"김판근, 너 많이 아프구나. 이마가 불덩이 같잖아. 세상에, 이렇게 아픈데도 학교에 온 거야?"

1교시도 마치지 못하고 판근이 학교에서 돌아오자 가족들은 그제서야 판근이 아프다는 걸 믿어주었다. 판근이 울면서 네발로 기다시피 걸어 들어오는 것을 보고 맨 먼저 달려나간 할머니가 판근을 끌어안았다. 그러고는 깜짝 놀라 소리쳤다.

"아이고, 가엾은 내 강아지. 온몸이 숯덩어리 같이 불타는구나."

그러더니 역시 맨발로 나와 서서 판근이 기어 들어오는 것을 지켜보고 있던 아버지와 엄마를 심하게 나무랐다.

"이런 미련한 것들아. 그러고도 너희가 부모라고 할 수 있느냐? 애가 아픈 것도 모르고 우리 집 귀한 삼대독자를 잡을 뻔하지 않았느냐."

아버지가 달려와 판근을 안아들었다. 엄마가 방으로 급히 달려가 이불을 폈다. 아버지가 판근을 이불 위에 올려놓자 할머니와 엄마가 판근의 가방과 옷을 벗겼다. 그 사이에 아버지가 샘으로 나가 양철대야에 차가운 물을 받아왔다. 할머니가 그 물에 수건을 적셔 판근의 이마 위에 놓아주었다. 엄마가 두꺼운 담요를 판근의 목까지 끌어올려 꼭꼭 여며주었다. 판근은 귓가로 한 줄기 눈물을 흘리며 속으로 가족을 원망했다.

'진작 좀 그럴 것이지.'

다음 날도 판근의 열은 떨어지지 않았다. 게다가 이번에는 얼굴 가득 붉은 반점들이 올라왔다. 할머니가 이불을 걷고 판근의 속옷을 들추어 여기저기를 살폈다. 그러고는 걱정이 가득한 얼굴로 판근을 들여다보고 있던 아버지와 엄마를 향해 말했다.

"아무래도 홍역인 것 같다. 얼른 병원에 데려가야겠다."

아버지의 오토바이에 위태롭게 매달려 도착한 병원에서 받은 진단은 역시 홍역이었다. 두꺼운 안경을 낀 나이 든 의사는 붉은 반점이 돋아난 판근의 몸과 입속을 들여다보고 나서 별거 아니라는 듯 가볍게 말했다.

"요즘 홍역 때문에 읍내가 온통 난리입니다만, 요새는 세상이 좋아져서 홍역은 병 축에도 못 드니 며칠 병원 다니면서 치료 잘 받으면 금방 나을 겁니다."

며칠 병원에 다니면서 치료를 잘 받은 덕분에 홍역이 씻은 듯이 나은 판근을 축하하는 의미로 아버지는 판근에게 맛있는 것을 사주겠다고 했다. 그래서 찾은 곳이 '곰나루'라는 허름한 식당이었다. 판근은 삭은 고무줄처럼 색 바랜 간판을 올려다보면서 실망을 금치 못했다.

'그냥 만리장성에서 자장면이나 사줄 것이지.'

이런 판근의 마음을 읽었는지 아버지가 곰나루식당의 문을 밀면서 호기롭게 외쳤다.

"보기엔 이래도 여기 음식 맛이 읍내 제일이거든."

역시 아버지는 자기밖에 모르는 이기주의자였다. 판근은 자기 몫으로 주인여자가 앞에 놓고 간 계란탕을 보면서 깊은 한숨을 내쉬었다.

'이게 어디 어린이가 먹을 음식인가.'

판근은 몹시 시무룩해져서 입을 댓발은 내민 채 망부석처럼 앉아서 파가 둥둥 떠다니는 노란 계란탕을 하염없이 내려다보았다. 판근이 그러거나 말거나 아무 관심 없다는 듯, 아니 맛있는 것을 사주기 위해 아들을 이 식당으로 데리고 왔다는 사실조차 잊은 듯 아버지는 어느새 8인용 식탁을 차지하고 앉아 언제부터 술추렴을 벌인 건지 짐작할 수 없을 정도로 얼굴이 불콰해지고 혀가 꼬인 아저씨들 틈에 끼어들어 목소리를 높여가고 있었다. 판근은 8인용 식탁의 맨 구석에 앉아 홀로 외로웠다. 아버지가 처음부터 계획적으로 자신을 이곳으로 데려왔다는 생각이 들자 더 외로운 생각이 들었다. 아까부터 앞에 놓인 계란탕을 물끄러미 바라만 보고 있던 판근의 눈시울이 서서히 젖어들었다. 판근은 마치 눈에 뭐가 들어가기라도 한 것처럼 손등으로 눈을 거칠게 문질렀다. 손등에 맺힌 눈물이 아래로 흘러 손가락 사이로 사라졌다. 판근은 속으로 부르짖었다.

'아 씨, 그냥 자장면이나 사주지.'

그때였다. 한 무리의 남자들이 떠들썩하게 가게 문을 열고 들어왔다. 잔뜩 뾰로통해진 얼굴로 그들을 쳐다보던 판근의 눈이 순식간에 휘둥그레졌다. 무리들 속에 뻬에르가 있었다. 그토록 애타게 만나고 싶었지만 좀처럼 만날 수 없었던 뻬에르가 바로 거기에 있는 것이었다. 그들은 판근네 바로 옆 4인용 식탁에 자리를 잡고 앉았는데, 뻬에르가 앉은 자리는 판근과 마주보는 자리여서 판근은 마음이 무척 설레었다. 오래 헤어졌던 연인이 우연한 자리에서 다시 만난 듯 뻬에르를 바라보는 판근의 눈빛이 아련하게 빛났다.

판근은 계란탕을 한 숟가락 떠먹었다. 계란탕은 이미 다 식어서 비린 냄새를 풍겼다. 그런데다 판근이 싫어하는 파가 잔뜩 들어있었다. 참으로 먹기 싫은 맛이었다. 그러나 삐에르를 자연스럽게 관찰하려면 억지로라도 먹어야 한다고 생각했다. 그래서 국물에 숟가락 끝만 적셔 아주 조금씩 먹었다. 그러면서 어떻게 하면 삐에르에게 말을 걸 수 있을까 궁리했다.

'삐에르가 화장실에 갈 때 따라갈까? 가서 무슨 말을 하지? 대뜸 나도 드자이너가 되고 싶으니 도와달라고 하면 이상하게 생각하겠지? 그동안 많이 보고 싶었다고 하면 더 이상하게 생각하겠지? 어쩌지? 무슨 말을 먼저 하지?'

이런 생각들을 하느라 판근의 머리가 아주 바쁘게 돌아갔다. 다행히도 아버지는 아저씨들과 어울려 부어라 마셔라 한참 흥이 오른지라 언제 집에 갈는지 알 수 없었다. 시간은 많았다. 그렇다고 마냥 이렇게 앉아 있다가는 가까스로 얻은 기회를 허무하게 잃을지도 몰랐다. 용기 내어 몇 발짝만 걸으면 그토록 고대하던 삐에르와의 만남이 성사될 것이었다. 판근은 조급한 마음에 엉덩이를 들썩였다.

판근이 마음을 굳게 먹고 삐에르에게 다가가려고 할 때였다. 퍼런 눈에 붉은 입술의 도깨비 같은 여자가 식당 문을 벌컥 열고 들어오더니 삐에르가 앉아 있는 쪽을 향해 손을 흔들었다.

"오빠들, 안녕."

여자는 코가 단단히 막혔는지 심한 코맹맹이 소리를 내면서 껌을 짝짝 씹었다. 손바닥만 한 천 조각으로 겨우 가린 엉덩이를 실룩거리며 또각또각 걸어서 삐에르 무리 앞에 당도한 여자는 그들이 앉아 있는 탁자 위에 들고 온 보자기를 풀었다.

"또 여기서 커피를 먹으려고? 여기가 식당이지 다방이야? 음식이라도 시켜놓고 커피를 처먹든가 말든가, 어째 그렇게들 하나같이 양심이 없어, 양심이."

저 안쪽에서 주인여자가 나오며 신경질적으로 소리치자 무리 중 한 남자가 유들거렸다.

"에이, 우리가 여기서 사 먹은 밥이 몇 그릇이고 또 앞으로 사 먹을 밥이 얼만데. 이 정도는 봐줘야지. 거 너무하네."

"이번 딱 한 번만이야. 다음부턴 국물도 없어."

"어이구, 이거 큰일났네. 식당에 국물이 없으면 어쩌나."

다른 남자가 빙글거리며 말하자 무리가 폭소를 터뜨렸다. 이미 이런 일이 여러 번이었던 듯 주인여자는 더이상 쓰다 달다 말 한마디 없이 앞치마를 툭툭 털며 다시 저 안쪽으로 들어갔다. 그러는 사이에 도깨비같이 생긴 여자는 재빠른 손놀림으로 둘, 둘, 둘 정확한 비율로 탄 커피를 각자의 앞에 놓아주었다.

이 모습을 지켜보던 판근은 의아한 생각이 들었다. 어째서 삐에르는 자신의 가게에서 만든 향기로운 커피를 버리고 저런 조잡한 음료를 마시려 하는가, 어째서 삐에르는 우아하고 품위 있는 왕자의 길을 버리고 스스로 거지가 되려 하는가, 어쩌자고 삐에르는 저런 이상한 사람들과 어울려 노는가. 판근은 자신의 우상인 드자이너 삐에르가 조금은 타락한 것 같아 몹시 우울해졌다.

그래도 판근은 삐에르를 이해하려고 했다. 한 번쯤은 호기심으로 그럴 수 있다고. 삐에르가 판근의 우상이긴 하지만 어쨌든 인간이므로 한 번쯤은 실수도 할 수 있는 거라고. 그렇게 판근이 너그러운 마음을 먹으려고 하던 그때, 판근의 눈에 도저히 용납할 수 없는 장면이 포착되었다.

삐에르가 여자의 엉덩이에 한 손을 올리고 살살 쓰다듬었다. 그러더니 갑자기 여자의 엉덩이를 꼬집었다. 여자가 날카롭게 비명을 질렀다. 둘러앉은 사람들이 크게 웃었다. 여자가 토라진 척하며 코맹맹이 소리를 냈다.

"이 오빠는 맨날 이래. 오빠 변태야?"

그러자 삐에르가 음흉한 웃음을 흘리며 여자의 허리를 껴안아 자신의 무릎에 앉혔다. 여자가 몸을 뒤틀며 앙탈을 부렸다. 여자에게 뭔가 속삭이기라도 하려는 듯 삐에르가 여자의 귀 쪽으로 서서히 입술을 내밀었다. 여자가 어깨를 움츠렸다. 삐에르가 턱으로 여자의 어깨를 누른 뒤 여자의 귓불을 물었다. 무리 중 한 남자가 짓궂게 말했다.

"김양아, 오늘 이 오빠한테 한번 대줘라."

무리가 눈을 빛내며 와, 웃었다. 판근은 그 모습을 보고 너무나 실망한 나머지 기절할 지경이 되었다. 사람들과 함께 웃는 삐에르의 눈빛이 발정 난 짐승의 그것 같아서 몹시 징그러웠다. 몸이 스멀거리고, 다시 홍역이 도진 듯 여기저기가 아파왔다.

그해 바캉스에서 무슨 일이 벌어졌나?

여름방학이 되었다. 그해 판근네 마을에는 바캉스가 대유행이어서 판근네 식구도 먹을 것을 챙겨서 가까운 하천으로 바캉스를 떠나기로 하였다. 그런데 말이 좋아 바캉스지, 그 이름도 생소한 바캉스라는 것이 해마다 여름이면 개 한 마리 끌고 가 술추렴을 벌이는 동네 아저씨들의 천렵과 하등 다를 바가 없었다. 그래도 가족끼리 놀러 가는 것이 난생처음인 판근은 무척 들떴다. 아버지는 어디선가 커다랗고 시커먼 고무타이어를 식구 수대로 구해 왔다. 그것을 본 할머니가 혀를 쯧쯧 차며 말했다.

"내 건 필요 없는데 쓸데없는 데 돈을 썼구나. 늙은이가 나무그늘에 앉아서 부채바람에 수박이나 먹으면 되지 무슨 물놀이를 하겠다고."

할머니의 말에 아버지는 그게 무슨 말도 안 되는 소리냐며 대거리하고 나섰다.

"어머니는 무슨 말씀을 그렇게 하세요? 그래도 명색이 바캉슨데 물에 발이라도 담가야지요."

그러자 할머니가 더욱 못마땅한 표정으로 투덜거렸다.

"물에 발이나 담그는데 무슨 주부가 필요하단 말이냐. 그리고 나는 물에는 안 들어간다. 아녀자가 어디 망측하게 남정네들 노는 물에 함께 몸을 담글 수 있겠느냐."

그때 돼지고기며 수박이며 이것저것 먹을 것을 챙기고 있던 엄마가 톡 나섰다.

"아이, 어머니도. 그런 시대에 뒤떨어지는 말씀이 어디 있어요? 남녀칠세부동석이란 말도 다 옛말이라고요."

그러자 할머니가 눈을 세모꼴로 뜨고 엄마에게 따졌다.

"그래서 에미, 너도 주부 끼고 물에 들어가겠다는 게냐? 남정네들이 벌거벗고 목간하는 데를?"

"어머니, 바캉스 가면 다 그렇게들 해요. 그러려고 바캉스 가는 건데요, 뭐."

"아이구, 망측해라. 바캉슨지 뭔지가 사람을 개 돼지로 만드는구나."

그러면서도 할머니는 사람을 개 돼지로 만드는 바캉스에는 절대 따라나서지 않겠다는 말은 끝까지 하지 않았다.

판근의 아버지가 모는 경운기를 타고 한참을 덜컹거리며 도착한 하천에는 벌써 사람들이 여럿 와 있었다. 먼저 바캉스를 다녀온 부녀회장 아줌마가 사람이 하도 많아서 조금이라도 늦게 가면 손바닥만 한 그늘조차 차지하지 못하니 아침 일찍 가라고 일러주지 않았다면 판근네도 마음에 드는 자리를 차지하지 못했을 것이다. 부녀회장의 조언에 따라 아침도 거르고 일찍 출발한 보람이 있어서, 판근네는 최상의 자리는 아니었지만 그나마 그늘이 드는 자리에 돗자리를 깔 수 있었다.

판근네가 나무그늘에 돗자리를 깔아놓고 제일 먼저 한 일은 늦은 아침을 먹는 일이었다. 어차피 하루 종일 먹고 놀 것이었으므로 아침은 그냥 시어터진 김치 하나만 놓고 대충 때우기로 했다. 엄마가 돗자리 위에 밥과 김치를 펼쳐놓는 동안 아버지는 물가로 가 모래를 깊숙이 판 후 가장자리에 돌멩이를 둘렀다. 그리고 그 안에 고기와 과일, 술, 음료수 등을 채워 넣었다. 그렇게 해놓고 보니 제법 운치 있고 여행 온 기분이 났다.

"아버지, 누가 가져가면 어떡해?"

아버지가 하는 양을 지켜보며 잔심부름을 하던 판근은

문득 걱정스런 마음이 들었다. 그러자 아버지가 판근을 어깨너머로 돌아보며 호기롭게 말했다.

"걱정 마. 할머니가 지키고 있으면 되니까."

판근은 어딘지 들떠 있는 아버지가 무척 철없게 느껴져서 저도 모르게 고개를 설레설레 저었다. 그러거나 말거나 아버지는 자신이 만든 저장고에 떡하니 찌그러진 검은 우산까지 하나 씌워 놓고는 혼자 흡족해하였다.

주워온 돌판이 서서히 달구어지고 있었다. 잘게 쪼개온 나뭇가지로 불을 피우는 아버지의 이마에서 땀이 흘러내렸다. 아버지는 목에 두른 수건으로 흘러내리는 땀을 닦으며 매운 연기를 피워 올리는 나뭇가지에 후후 입김을 불었다. 돗자리 위에 앉아 자기 쪽으로 날아드는 연기를 쫓아내느라 손을 휘휘 내젓던 판근이 아버지에게 다가가 부채를 건넸다.

"아버지, 이걸로 해."

아뿔싸, 아버지가 자신의 이마를 두꺼운 손바닥으로 탁 때리며 말했다.

"그래, 그러면 되겠구나. 장하다, 내 아들."

그러고는 판근에게서 받아든 부채로 활랑활랑 자신의 얼

굴을 향해 바람을 일으켰다. 판근은 아버지의 얼굴이 아니라 나뭇가지에 부채를 부치라고 말하고 싶었지만, 그냥 잠자코 돗자리 위로 돌아와 앉았다.

그동안 엄마는 돗자리 한 귀퉁이에서 싸온 음식과 그릇들을 정리하느라 바빴다. 아침을 먹고 하천 물에 대충 씻은 그릇들은 한쪽 구석에 따로 포개놓았다. 엄마는 도회지에서 시집온 여자라서 하천 물로 씻은 그릇에는 다시 음식을 담지 않을 모양이었다. 할머니는 접은 수건 여러 장을 머리에 받치고 돗자리 위에 옆으로 누워 느릿느릿 부채를 부치며 물놀이하는 사람들을 구경했다. 아직 오전이었지만 이미 햇살은 퍼질 대로 퍼져서 성질 급한 사람 몇은 벌써부터 물에 들어가 물장구를 치고 서로에게 물을 튕겨대느라 아주 난리였다.

달궈진 돌판 위에 고기를 올려놓자 치익 소리를 내며 맛있는 냄새를 피워 올렸다. 아버지는 뭐가 그렇게 신나는지 휘파람까지 휘휘 불어가며 몸을 들썩였다. 엄마가 상추, 김치, 고추, 마늘, 쌈장에 아침에 담근 겉절이까지 담아서 내놓자 금방 한 상이 떡 벌어졌다. 젓가락 끝을 입에 물고 고기가 익기를 기다리던 판근의 입에 금세 침이 고였다. 할머니는 어느새 일어나 앉아 흥겹게 고기를 굽는 아버지를 보며 쯧쯧 혀를 찼다.

"저 채신머리없는 걸 낳아놓고 내가 좋다고 미역국을 먹었구나."

"저런 사람을 기둥삼아 한평생 같이 살아야 하는 사람도 있어요."

엄마가 밥이 담긴 찬합을 내놓으며 말하자 할머니가 엄마를 흘겨봤다. 판근은 할머니가 뭐라 한마디 할 것 같아 얼른 나서서 볼멘소리를 했다. 할머니가 엄마에게 뭐라 한마디 하는 순간 엄마의 기분은 나빠질 것이고, 엄마는 괜한 트집을 잡아 자신의 나빠진 기분을 아버지에게 풀 것이며, 아버지는 엄마의 지청구에 지친 마음을 판근에게 하소연할 것이었다. 그래서 판근은 아버지를 편들 마음은 별로 없었으나 분위기가 깨지지 않게 하려면 자기가 나서는 수밖에 없다고 생각했다.

"아버지 욕하지 마. 할머니도 엄마도."

그러자 할머니와 엄마가 동시에 판근을 째려봤다.

"가재는 게 편이라더니, 김씨 성을 받았다고 제 아비를 편드는구나."

나무라듯 하는 할머니의 말에는 그러나 섭섭한 기색은 하나도 없었다. 판근은 일부러 겸연쩍은 몸짓을 꾸며내어 뒷머리를 긁으며 말했다.

"내가 김씨라서 그런 게 아니라, 원래 같은 식구끼리는 욕하면 안 되는 거잖아. 언제 어디서든 한편이 되어야지."

이 말에 감동한 듯 할머니가 무릎걸음으로 다가와 판근의 엉덩이를 두드렸다.

"아이구, 내 강아지. 소견이 아주 반듯하구나. 네가 애비보다 백배는 낫다."

오후가 되자 햇살이 푹 퍼져서 그늘에 있어도 더이상 시원하지가 않았다. 배부르게 고기를 먹고 할머니의 무릎을 베고 누워 할머니가 부쳐주는 부채바람에 몸을 내맡기고 있던 판근은 검은색 고무튜브를 허리에 두르고 물가로 나갔다.

준비운동을 마치고 온몸에 물을 묻힌 판근은 심장이 깜짝 놀라 멈추는 일이 없도록 발가락 끝부터 서서히 물에 담갔다. 하루 종일 햇살에 달궈진 물은 생각만큼 차갑지는 않았다. 그렇다 해도 물은 물이어서 판근이 더 깊은 곳으로 한 발짝씩 옮길 때마다 판근의 몸에 달라붙어 으스스 진저리를 치게 만들었다. 물이 배꼽 바로 위에서 찰랑거릴 때까지 들어간 판근은 허리에 둘렀던 튜브를 빼냈다. 그러고는 배에 오르듯 튜브 가운데 동그랗게 뚫린 구멍에 엉덩이를 집어넣었다. 그렇게 튜브 위에 걸터앉은 판근은 물 위에 고요히 떠서 흐르는 물에 몸을 맡기려고 했다. 그러나 판근은 고요할 수 없었다. 흐르는 물에 고요히 몸을 맡기고 햇살을 튕겨내며 은빛으로 반짝이는 물살을 감상하기에는 주위에 아이들이 너무 많았다. 그들은 서로에게 물폭탄을 투하하듯 맹렬하게 물살을 튕기며 쉴 새 없이 소리를 질러댔다. 그 통에 튜브 위에 앉아있던 판근의 몸으로 물방울이 우박처럼 쏟아졌다. 판근은 손을 들어 얼굴에 흘러내리는 물방울을 신경질적으로 닦아내고는 사람이 적은 쪽으로 가기 위해 두 팔로 물을 저었다.

그렇게 얼마쯤 저어가고 있었는데, 갑자기 몸의 중심이 흐트러지면서 튜브가 뒤집어졌다. 온몸이 통째로 물에 잠기게 된 판근은 얼른 일어서서 튜브를 잡으려고 했다. 그런데 발이 바닥에 닿지 않았다. 판근은 당황했다. 어떻게든 떠오르려고 급하게 팔을 휘둘렀지만 떠오르는가 싶으면 다시 물속에 잠기고, 또 떠오른다 싶으면 다시 물속으로 잠겨들었다. 코로 입으로 물이 흘러들어 소리를 지를 수도 없었다. 공포심이 판근을 짓눌렀다.

'아아, 나는 이렇게 죽게 되는구나.'

물 위로 떠올랐다 다시 잠겨들 때에 판근의 머릿속에 이런 생각이 스쳐갔다. 판근은 이렇게는 죽고 싶지 않았다. 난생처음 가족끼리 물놀이를 와서 제대로 한번 즐겨보지도 못하고 물귀신이 될 수는 없었다. 판근은 살아야겠다고 생각했다. 판근은 젖 먹던 힘까지 짜내 마지막으로 크게 팔을 휘둘렀다. 그때 판근의 팔에 튜브가 걸려들었다. 판근은 죽기 살기로 튜브를 잡아채 거기에 매달렸다. 불안정한 자세였지만 일단 물 위로 떠오르자 기침이 터져 나왔다. 그리고 동시에 눈물도 터져 나왔다. 뭔가 몹시 억울해진 판근은 고래고래 악을 쓰기 시작했다.

"사람 살려! 아버지, 살려줘. 발이 안 닿아. 아버지, 아버지!"

이때 판근의 아버지는 친화력 있게도 근처에 자리를 깐 이웃들과 함께 술을 마시고 있었다. 이들은 각자 안주 삼아 불여우 같은 마누라를 욕하고 천재 아니면 영재, 그도 아니면 세상에 둘도 없는 효자인 자식 자랑을 하느라 목소리가 점점 높아갔다. 목소리가 높아갈수록 취기도 거나해져서 더 큰 소리로 이야기하지 않으면 자기 목소리가 묻혀 들리지 않을지도 모른다는 듯 소리를 빽빽 질러댔다. 그래서 급기야는 아무것도 모르고 지나가던 사람이 이들을 본다면 싸움을 하고 있다고 여길 지경이 되었다. 그러느라 판근의 아버지는 판근이 생사의 기로에서 고래고래 악을 써대는 소리를 듣지 못하였다.

 판근의 엄마 역시 근처에 자리를 깐 이웃 아낙네들과 함께였다. 아낙들은 저마다 미련 곰탱이 같은 남편을 욕하고 마치 자신들을 시집살이시키기 위한 일념으로 태어난 것 같은 시집 식구들을 욕하느라 여념이 없었다. 이들은 서로서로 머리를 맞대고 독립군이 거사를 모의하듯 수군거렸는데, 행여라도 목소리가 높아져서 말이 새어나갈까 걱정된다는 듯 가급적 작은 목소리로 수다를 떨었다. 그러느라 판근의 엄마는 판근이 생사의 기로에서 고래고래 악을 써대는 소리를 듣지 못하였다.

 판근의 할머니는 접은 수건을 여러 장 겹쳐 베고 나무그늘 아래서 자울자울 졸고 있었다. 졸다가 화들짝 깨어날 때마다 귀찮은 파리 떼를 쫓아내듯 부채로 활랑활랑 바람을 일으키고는 다시 졸았다. 그러다 이상한 예감에 사로잡혀 눈을 번쩍 뜬 할머니는 벌떡 일어나 앉아 주위를 두리번거리기 시작했다. 그렇게 한참을 두리번거리던 할머니의 눈에 튜브에 매달린 채 뭐라 뭐라 악을 써대는 판근의 모습이 걸려들었다. 처음에 할머니는 판근이 재미나게 물놀이를 즐기고 있다고 여겨서 흡족한 미소를 지었다. 그런데 계속 보고 있자니 뭔가가 이상했다. 그 이상한 게 무엇인지 딱 꼬집어 말할 수는 없었지만, 할머니는 뭔가 심각한 이상을 느꼈다. 그래서 시종 손에 꼭 쥐고 있던 부채를 내팽개치고 부어라 마셔라 하면서 신나게 떠들고 있는 판근의 아버지에게로 번개처럼 달려가 천둥 같이 소리쳤다.

"아범, 당장 가서 판근이 좀 구해와!"

갸륵한 물살은 울고 불며 악을 쓰다 지쳐버린 판근을 조금씩 물가 쪽으로 밀어냈다. 튜브에 매달린 채 하릴없이 허우적거리던 발이 바닥에 닿는 것이 느껴지자 판근은 언제 그랬냐는 듯 울던 울음을 뚝 멈추고 태연히 걸어 나와 모래사장에 대大 자로 뻗어버렸다. 그러나 잠깐의 휴식을 취할 새도 없이 다시금 고래고래 소리를 질러야 했는데, 이번에는 아버지가 물에 빠져 허우적거리는 장면을 목격했기 때문이었다. 판근의 아버지는 할머니의 포효를 듣고 앞뒤 잴 것도 없이 술에 취해 비틀거리는 걸음으로 달려와 무조건 물속으로 뛰어들었던 것인데, 일단 물속으로 뛰어든 뒤에야 자신이 너무 경솔했음을 깨달았다. 판근이 어디에 있는지 확인도 하지 않고 무작정 물속으로 뛰어든 터라 자신이 어느 쪽으로 방향을 잡아 헤엄쳐야 하는지 알 수 없었던 것이다. 그 와중에 설상가상으로 불행이 덮쳐왔으니, 판근의 아버지는 누구에게랄 것 없이 절망적으로 소리쳤다.

"살려줘요. 쥐, 쥐. 다리에 쥐가 났어요."

이를 본 판근은 용수철이 튕기듯 자리에서 일어나 저만치 던져두었던 튜브를 찾아들고는 물속에서 허우적거리는 아버지를 향해 힘껏 던졌다. 그러나 튜브는 야속하게도 철퍽 소리를 내며 아버지에게 훨씬 못 미친 곳에 떨어졌다. 애가 탄 판근은 아까 자신이 물에 빠졌을 때보다 더 간절하게 비명을 질러댔다.

"살려주세요! 우리 아버지 다리에 쥐가 났어요. 도와줘요!"

사람들이 하나 둘씩 몰려들었다. 그러나 누구 하나 물에 빠져 허우적거리는 판근의 아버지를 구할 생각을 하지 않았다. 뒤늦게 허위허위 달려온 판근의 할머니와 엄마마저 물가에 서서 팔짱을 낀 채 그저 남의 일인 듯 구경만 하였다. 판근은 뭔가 이상하다고 생각했지만, 그래도 물에 빠진 사람을 구하는 게 급선무였으므로 계속해서 사람들을 향해 구조를 요청했다. 판근이 그렇게 한참 소리를 지른 후에야 한 남자가 물속으로 성큼성큼 걸어 들어가 판근의 아버지를 붙잡아 일으켰다. 순간, 판근은 모래사장에 털썩 주저앉아 무릎에 얼굴을 묻고 말았다. 물이 아버지와 아버지를 구하러 간 남자의 허벅지에서 찰랑이고 있었기 때문이었다.

남자는 다리에 쥐가 나서 절뚝이는 판근의 아버지를 끌고 나와 모래사장에 앉힌 뒤 발가락을 뒤로 꺾었다. 아버지는 창피한 줄도 모르고 아파죽겠다며 엄살을 떨었다. 이윽고 다리가 풀렸다고 생각한 남자가 일어서서 손바닥에 묻은 모래를 털어내며 아버지를 향해 말했다.

"그렇게 준비도 없이 물에 뛰어들면 큰일나요. 더구나 술까지 드시고. 그건 자살행위나 마찬가지라고요."

판근의 아버지가 벌게진 얼굴로 뒷머리를 긁적였다. 그리고 기어들어가는 목소리로 남자에게 말했다.

"어쨌거나 고맙습니다."

판근은 아버지가 남자에게 건넨 말 때문에 더욱더 창피해져서 와락 눈물이 터질 것 같았다. 자신의 목숨을 구해준 생명의 은인한테 '어쨌거나 고맙습니다'가 다 뭔가. 아아, '어쨌거나'라니.

판근은 물놀이고 뭐고 이미 다 흥미를 잃어버려서 빨리 집으로 돌아가고만 싶었다. 그러나 끌고 온 경운기를 몰아

집으로 가려면 술에 취한 아버지가 정신을 차려야 했다. 아버지는 물에 빠졌다 살아 나와서 긴장이 풀렸는지, 나무그늘 밑에 팔다리를 활짝 펼치고 누워 드르렁 드르렁 코를 골고 있었다. 비척거리는 아버지를 말 안 듣는 씨돼지 몰듯 돗자리까지 몰고 온 할머니가 활개를 펼치고 잠든 아버지의 배를 수건으로 덮어주면서 신세한탄을 했다.

"아무래도 내가 팔푼이를 낳은 게야. 어떻게 모자라도 이렇게 모자랄 수가 있노?"

엄마는 아버지가 부끄러웠는지 하릴없이 저만치 떨어져 앉아서 물놀이하는 사람들을 구경하는 척 이쪽을 애써 외면했다. 판근은 집에 돌아가자마자 엄마가 다시 가방을 쌀까 봐 두려웠지만, 잘못했다가는 오히려 엄마의 화만 돋우게 될 것 같아 아까부터 남처럼 구는 엄마를 못 본 척했다.

해는 아직도 중천에서 이글거렸다. 귀한 손님 오듯 드물게 바람이 지나갈 때마다 하천가에 심어놓은 미루나무가 메롱메롱 약 올리듯 잎을 뒤집었다. 뒤집힌 잎사귀에서 햇살이 튀어 올라 푸른 하늘로 부서졌다. 하늘에는 수제비를 떠 넣은 듯 흰 구름 몇 점이 떠서 아주 느리게 움직였다. 비라도 왔으면 좋으련만 그럴 기미는 없고, 맴맴 매미 소리만 한낮의 햇살 속에서 그악스레 울려 퍼졌다. 잠든 아버지는 깨어날 생각을 하지 않고, 판근은 낮잠 잘 생각이 전혀 없고, 할머니와 엄마는 삐쳐서 각자 화를 내고 있고, 시간은 정말 더럽게 안 갔다. 낮이 이렇게 길긴 판근이 태어나서 처음인 것 같았다.

너무나 무료해져 더이상 견딜 수가 없었던 판근은 조용한 곳에서 물수제비나 띄울 요량으로 자리를 털고 일어섰다. 이럴 때 영득이가 옆에 있었다면 하나도 안 심심했을 텐데, 영득이는 강원도 어디에 있다는 외가에 놀러 가고 없었다.

'개똥도 약에 쓰려면 없다더니.'

툴툴거리던 판근은 드르렁, 갑자기 높아진 아버지의 코 고는 소리를 듣고 이내 고개를 가로저었다. 만일 입 싼 영득이 아버지가 한 바보 같은 짓을 모두 보았다면 당장에 동네방네 소문을 낼 터였다. 그리고 바보 같은 행동을 한 아버지 덕분에 판근은 영득과 동네 아이들에게 두고두고 놀림감이 될 것이었다. 그것은 생각만 해도 치가 떨리는 일이었다.

판근은 뜨겁게 달궈진 모래 위를 걸어 하천의 아래쪽으로 내려갔다. 발이 푹푹 빠져서 고무신 속으로 모래 알갱이들이 마구 쏟아져 들어왔다. 털어내 봤자 금방 또 들어올 것이므로 판근은 불편했지만 그냥 무시하고 계속 걸었다. 하천의 아래쪽으로 갈수록 사람들이 적어졌다. 그러더니 모래사장이 끝나는 곳쯤에 이르자 물놀이하는 사람들이 한 명도 보이지 않았다. 판근은 모래사장에 튀어나와 있는 바위 위에 주저앉아 고무신 속에 들어있는 모래를 털었다. 젖은 발가락 사이사이에 고운 모래가 달라붙어서 잘 떨어지지 않았다. 판근은 손으로 대충 털어내고 다시 고무신을 신었다. 조금은 찝찝했지만 이따가 집에 갈 때 물로 씻어내면 될 것이었다.

판근이 물수제비 뜰 납작한 돌을 찾으려고 앉아 있던 바위에서 막 일어서려 할 때였다. 저쪽 물가에서 이쪽을 향해 헤엄쳐오는 두 개의 그림자가 보였다. 판근은 저도 모르게 바위 뒤로 가서 납작 엎드렸다. 그래야 할 하등의 이유가 없었음에도 판근의 몸이 저절로 그렇게 움직였다.

판근이 바위틈으로 훔쳐본 두 개의 그림자는 남자와 여자였다. 우아하게 물살을 가르며 이만큼 헤엄쳐온 둘은 물속에 똑바로 서서 서로를 마주보았다. 흐르는 물이 배꼽이라도 간질였는지 여자가 갑자기 까르르 웃었다. 그러더니 남자를 향해 물살을 튕겼다. 남자가 왁 소리를 지르며 판근 쪽으로 고개를 돌렸다. 순간 판근은 눈살을 찌푸렸다. 그 남자는 삐에르였다. 복순이 누나도, 곰나루식당의 그 여자도 아닌 다른 여자와 바캉스까지 와서 놀아나는 저 남자, 그가 바로 삐에르였던 것이다. 그렇다면 저 여자는 누구인가? 천하의 바람둥이 삐에르에게 걸려들어 천치 같이 웃고 있는 저 머리 긴 여자는 도대체 누구란 말인가? 판근의 마음이 불쾌감으로 저릿해졌다.

판근은 가족들이 있는 돗자리로 돌아가고 싶어졌다. 여자와 놀아나느라 입이 귀에 걸린 삐에르의 낯짝을 단 한순간도 보고 싶지 않았다. 판근이 엎드린 몸을 일으키려 팔뚝에 힘을 주고 무릎을 구부렸을 때, 여자가 갑자기 꺅 소리를 질렀다. 삐에르는 어딜 갔는지 보이지 않고, 여자는 누가 잡아당기기라도 한 것처럼 물속으로 처박혔다. 그러더니 곧바로 물속에서 머리 하나가 불쑥 솟아올랐다. 여자는 여전히 물속에 처박힌 채 허우적거리고 있었다. 불쑥 솟은 머리 위로 팔 하나가 번쩍 치켜 올라갔다. 그리고 그 손에는, 남성용 수영팬티였지만 여자가 입고 있었음이 분명한 수영팬티가 들려 있었다. 물속에서 허우적거리던 여자가 중심을 잡고 일어섰다. 그러더니 남자가 치켜든 수영팬티를 향해 달려들었다. 남자는 여자를 피해 손을 이리저리 놀리더니 손에 든 수영팬티를 멀찍이 던져버렸다. 여자가 물에 둥둥 뜬 수영팬티를 잡으려고 몸을 돌렸다. 그러자 남자가 여자의 허리를 낚아채 수영팬티와는 반대방향으로 여자를 돌려놓았다. 여자는 계속해서 꺅꺅 소리를 질렀다. 그들이 하는 양을 훔쳐보고 있던 판근은 그것이 재미있어서 지르는 소리인지 무서워서 지르는 소리인지 무척 헷갈렸다. 판근은 그들의 모습이 무섭다고 생각되었다. 그리고 그보다 더 무서웠던 건, 이젠 가족들이 있는 돗자리로 돌아가기에는 너무 늦어버렸다는 사실이었다. 판근은 바위틈에 눈을 박고 그들이 하는 꼴을 계속해서 지켜볼 수밖에 없었다. 정말 싫었지만 어쩔 수 없는 일이었다.

　물속에서 여자의 몸이 솟구쳐올랐다. 남자가 두 팔로 여자를 안아든 것이었다. 아랫도리에 아무것도 입지 않은 여자의 배와 엉덩이가 하얗게 빛났다. 남자가 고개를 숙여 여자의 배꼽에 입을 맞추었다. 여자가 몸을 뒤틀었다. 그 통에 남자가 여자를 놓쳤다. 여자가 다시 물속으로 처박혔. 남자가 손뼉을 짝짝 치며 크게 웃었다. 남자가 그러는 동안 수영팬티 쪽으로 재빨리 다가간 여자가 개구리밥처럼 유영하고 있는 수영팬티를 거칠게 낚아챘다. 그러고는 남자를 피해 물가 쪽으로 조금 걸어 나와 수영팬티를 입었다. 남자가 쫓아와 수영팬티를 끌어올리는 여자의 허리를 껴안

앉다. 그러고는 다시 수영팬티를 벗기려 들었다. 여자가 거칠게 저항했다. 그러나 역시 깔깔깔 웃으며 저항했기 때문에 그것이 재미있어서 그런 건지 무서워서 그런 건지 판근은 또 헷갈렸다.

엎치락뒤치락 한참을 그렇게 실랑이하던 남자와 여자는 어느 순간 멈춰 서서 서로를 마주보았다. 그러더니 서로에게 점점 가까이 다가갔다. 남자가 여자의 뒤통수에 손을 얹었다. 여자가 남자의 허리를 두 팔로 감았다. 그러고는 서로를 뜯어먹을 기세로 격렬하게 입을 맞추었다. 판근은 그 모습이 참으로 역겹고 싫었지만 이상하게 가슴이 쿵쾅쿵쾅 뛰었다.

'아냐, 저건 전혀 아름답지가 않아. 저건 진정한 사랑이 아냐.'

뜨거운 입맞춤의 잔상을 쫓아내기라도 하려는 듯 판근은 세차게 고개를 저었다. 그렇지만 심하게 두근대는 가슴까지 어쩌지는 못했다. 게다가 판근이 그때까지 겪어보지 못했던 난처한 일이 벌어지고 말았는데, 판근은 이 일로 심히 당황하여 기절할 지경이 되었다. 격렬한 입맞춤을 끝낸 남자와 여자가 유유히 헤엄쳐 왔던 방향으로 사라지고 난 후 판근이 바위 뒤에서 일어섰을 때, 판근은 자신의 그곳이 빳

빳하게 일어서 있는 걸 발견했던 것이다.

  판근은 계속해서 침을 뱉으며 가족들이 있는 돗자리로 돌아왔다. 속이 메슥거려 금방이라도 토할 것 같은데, 어쩐 일인지 토는 나오지 않고 계속해서 속만 울렁거렸다. 하얗게 질린 낯빛으로 기진맥진해 돌아오는 판근을 본 할머니가 대경실색하여 그때까지도 코를 골고 있던 아버지를 마구 흔들어 깨웠다.
"아범, 일어나! 집에 가자."
  그리고 역시 그때까지도 저만치 혼자 나앉아 무슨 생각엔가 잠겨 있는 엄마를 소리쳐 불렀다.
"에미야, 가자!"
  그리고는 금방이라도 쓰러질 것 같은 판근을 자신의 무릎에 끌어다 뉘고서는 부채바람을 일으키며 울상을 지었다. 그러더니 곧바로 결연한 표정을 하고서는 대쪽 같은 선언을 했다.
"아이고, 가여운 내 강아지가 더위를 먹어도 단단히 먹었구나. 이놈의 사람 잡는 바캉스, 내 다시는 안 올란다."

판근은 디자이너가 되지 않기로 마음먹었다

판근은 삐에르처럼 역겨운 사람은 절대로 되지 않겠다고 굳게 결심했다. 그러자 그동안 삐에르에게서 받았던 좋은 인상이 모두 의심되기 시작했다.

런던라사 삐에르의 세련된 옷차림

"내가 아무래도 잘못 본 것 같아."

판근은 강원도 외가에서 돌아온 영득을 불러다가 마루 끝에 마주앉아 엄마가 만들어준 수박화채를 먹었다. 판근이 수박씨를 마당에 뱉으며 수박씨를 뱉어내듯 말을 뱉었다. 영득은 당최 무슨 말인지 못 알아듣겠다는 듯 수박화채를 먹던 숟가락을 입에 물고 판근을 빤히 쳐다보았다.

"그때, 작은대보름 밤에 말야. 내가 본 게 복순이 누나가 아니었던 것 같아."

"으응, 그거."

영득이 듣고 보니 별말도 아니었다는 듯 무덤덤하게 반응하고는 수박화채에 숟가락을 꽂았다. 판근이 자신의 숟가락으로 영득의 숟가락을 툭 치며 말했다.

"무슨 대답이 그러냐?"

"내가 뭘."

"작은대보름 밤에 내가 본 게 복순이 누나가 아니었던 것 같다고."

"안다고."

"뭘 아는데?"

"작은대보름 밤에 네가 본 게 복순이 누나가 아니라는 거."

"네가 그걸 어떻게 아는데?"

"복순이 누나한테 물어봤으니까 알지."

"뭐라고? 언제? 내 허락도 안 받고 왜 물어봐? 그거 너랑 나랑만 아는 비밀이라고 했잖아. 아무한테도 말하지 말라고."

판근이 속사포처럼 쏘아대자 영득이 눈썹을 잔뜩 찡그리고 따지듯 말했다.

"아무한테도 말 안 했어. 그냥 복순이 누나한테만 살짝 물어본 거야. 그리고 그거 물어보는데 왜 꼭 네 허락을 받아야 하는 거냐?"

"처음 본 사람이 나였으니까."

"잘못 본 것 같다며."

판근은 왠지 영득에게 말려 들어가는 기분이 들었다. 그래서 아무 말 없이 수박화채를 먹고 수박씨를 마당에 아무렇게나 퉤퉤 뱉었다. 같이 수박씨를 마당에 뱉어내던 영득이 뭔가 결심한 듯 판근에게 말했다.

"실은, 우리 형도 봤대서. 어떤 남자랑 어떤 여자랑 뽀뽀하는 거. 작은대보름 밤에 방죽에서."

"너네 형도 봤다고?"

"그래. 우리 형이 다 봤대. 친구들하고 몰래 술 마시다가."

"너네 형이 너한테 말해줬어?"

"아니, 우리 형이 나한테 말해줄 리가 있겠냐? 우리 형 친구들이 놀러 와서 말하는 거 엿들었어."

"그래서? 너네 형이 복순이 누나도 봤대?"

"아니. 그런 말은 못 들었어. 그냥 어떤 남자랑 여자라고만 했어."

판근은 잠시 아무 말 없이 생각에 잠겼다. 질문이 곧 뒤따라오리라 여겼던 영득은 판근이 저 혼자만의 생각에 빠져 아무 말이 없자, 판근의 생각을 깨우려는 듯 말을 이어갔다.

"그래서 복순이 누나한테 물어본 거야. 그게 혹시 누나였냐고. 본 사람이 있다고. 소문날지도 모르니까 앞으로 조심하라고."

"그런데 복순이 누나가 아니라고 했단 말이지?"

"그래. 아니라고 하더라. 자기는 삐에르를 본 적도 없다면서."

"그런데 그걸 왜 이제 말해?"

"네가 실망할까 봐."

판근은 멍하니 고개를 끄덕였다. 너무 많은 생각들이 머릿속을 오갔다. 그런 와중에 갑자기 한 가지 의혹이 강하게 떠올라 판근을 붙잡고 놓아주지 않았다. 판근은 날카롭게 눈을 빛내며 영득을 노려보았다. 단 한 치의 거짓이라도 있다면 결코 용서하지 않겠다는 태도였다.

"그런데 어째서 복순이 누나랑 삐에르가 연애한다고 소문이 난 거지?"

판근의 예리한 질문에도 영득은 당황하거나 전혀 주눅들지 않고 아주 담담하게 대답했다.

"그거야 나도 모르지. 소문이란 게 원래 황당한 거잖아. 우리 엄마가 그랬어. 소문은 시작도 끝도 없는 거라고. 그래서 사람을 더 환장하게 만든다고."

판근은 영득의 말을 믿고 다 받아들이기로 했다. 지금까지 영득이 보여준 태도로 보아 영득은 정말로 아무에게도 말하지 않은 것 같았다. 복순이 누나를 찾아가서 사실 확인을 한 것은 조금 마음에 걸리는 일이었지만, 그건 순전히 자기 형을 믿지 못해서 그랬을 가능성이 컸다. 복순이 누나에게 소문날지도 모르니 조심하라고까지 한 걸 보면 영득이 소문을 낸 당사자는 분명 아닌 것 같았다. 그런데 왜 그런 소문이 났을까? 영식이 형 패거리들이 그냥 재미삼아 꾸며 냈을까? 아니면 정말 낮말은 새가 듣고 밤말은 쥐가 듣는 것일까? 그래서 쉬쉬하면서 영득이에게만 비밀스럽게 해 준 말이 아무도 모르게 새어 나가 버린 것일까? 생각할수록 판근은 복순이 누나에게 너무나 미안해졌다. 그리고 삐에르가 너무나 미워졌다. 천하의 바람둥이 주제에 감히 조선 최고의 미녀이자 순결한 처녀인 복순이 누나를 넘보려 했다니! 아무리 소문일 뿐이었다 할지라도 그건 절대 안 될 말이었다. 판근은 저도 모르게 이를 앙다물며 주먹을 부르쥐었다.

 판근은 삐에르에게서 느낀 실망감을 영득에게 모두 털어놓았다. 그리고 절대로 디자이너 따위는 되지 않겠노라고 선언했다. 영득은 판근이 하는 말을 차분히 다 들어주었다. 판근의 마음을 충분히 이해할 수 있을 것 같았다. 그래도 뭔가 아쉬운 기분은 들어서 판근에게 조심스럽게 물었다.

"그럼 우리 이제 읍내에 갈 일은 없는 거야?"

판근이 영득을 바라보았다. 영득은 자신이 엄청나게 잘못된 질문을 한 것 같다고 느꼈다. 그래서 판근의 눈길을 피해 얼른 고개를 숙였다. 판근이 한 손을 들어 올렸을 때는 한 대 맞을 것 같아 저절로 목이 움츠러들었다. 그러나 판근은 영득을 때리지 않았다. 대신 영득의 어깨를 따뜻하게 감싸면서 다정한 한마디를 던졌다.

"삐에르는 삐에르고 읍내는 읍내지. 읍내에 어디 삐에르만 있냐? 돈 생기면 당장이라도 만리장성에 가서 자장면 먹고 오자."

판근의 말에 영득은 감동했다. 당장은 돈이 생길 리 없었고, 돈이 생긴다 하더라도 둘이서 읍내에 나가 자장면을 먹을 수 있을 만큼 생길 리는 더더욱 없었으나, 영득은 그저 말이라도 고마웠다. 그래서 영득은 판근을 다정한 눈길로 마주 바라봐주었다. 판근은 영득의 다정한 눈길을 피해 마당에 핀 사루비아꽃을 바라보았다. 그러다가 그게 마치 사루비아꽃이 너무 빨갛게 피었기 때문이라는 듯 몹시 울적한 어조로 말했다.

"그런데 영득아, 나는 한 가지 이상한 게 있어."

"그게 뭔데?"

"삐에르의 옷차림 말이야."

"그게 왜?"

"세련됐잖아."

"그게 뭐가 이상한데?"

"그렇게 세련된 옷차림을 하고 나타나서는 나에게 바라는 게 뭐였을까? 그 사람은 왜 나를 속인 걸까?"

영득이 포옥 한숨을 내쉬었다. 삐에르가 뭐가 부족해서 판근에게 무엇인가를 바라겠는가, 또 무엇 때문에 판근 따위를 속이겠는가, 하는 생각이 들었지만 왠지 아무 말도 해서는 안 될 것 같은 느낌이 들어 영득은 입을 다물고 가만히 있었다.

"지금 생각해보면 작년 담임 말이 다 맞는 말이었어."

이번엔 또 무슨 말을 하려고 이러는가 싶어 영득은 판근을 물끄러미 바라보았다. 판근은 영득의 반응쯤 아무 상관없다는 듯 아까부터 빨갛게 핀 사루비아꽃을 멍한 눈빛으로 응시하고 있었다. 영득은 그것이 오히려 다행이다 싶었다. 판근의 말에 굳이 대꾸해주지 않아도 괜찮을 것 같았다. 영득은 그냥 편안한 마음으로 판근의 이야기를 끝까지 듣기만 하기로 마음먹었다.

"작년에 담임이 그랬어. 드자이너랑 디자이너는 다른 말이라고. 드자이너는 틀린 말이고, 삐에르는 겉멋이 들었으니 다시는 만나지 말라고. 그때는 담임이 너무 밉고 싫었는데, 이제는 담임이 얼마나 훌륭한 선생님이었는지 알 것 같아."

판근은 잠시 말을 끊고 작년 담임 선생님을 그리워하는 듯 하늘을 한 번 올려다보았다. 그러고는 곧바로 죄인처럼 고개를 숙이고 깊은 한숨을 내쉬었다. 영득도 덩달아 하늘을 한 번 올려다보고는 괜히 한숨을 내쉬었다.

"알고 보면 다 내 탓이지, 뭐. 나는 삐에르의 세련된 옷차림과 향기로운 코오피가 좋았어. 그렇게 옷을 입고, 그런 향내 나는 코오피를 마시면 금방 왕자가 될 수 있을 것 같았거든. 드자이너가 되기만 하면 나도 그런 옷을 입고, 그런 코오피를 마실 수 있을 줄 알았어. 그런데 그게 겉멋인 줄도 모르고 헛꿈을 꾼 거야."

판근이 자책하자 영득은 마음이 아팠다. 그래서 이쯤에서 판근에게 힘이 되는 한마디를 해야겠다고 결심했다. 영득은 판근의 어깨를 다독이며 말했다.

"판근아, 드자이너가 되지 않는다고 세상이 끝나는 건 아니야. 우리 어린이들은 하고 싶은 게 많으면 많을수록 좋은 거니까 다른 하고 싶은 걸 찾아보자. 그리고 드자이너만 세련된 옷차림을 할 수 있는 것도 아냐. 당장 우리 형만 봐도 알 수 있잖아."

영득의 말에 판근의 몸이 순식간에 굳어졌다. 판근은 자신의 어깨를 다독이는 영득의 손을 거칠게 뿌리치고는 영득을 흘겨보며 날카롭게 쏘아붙였다.

"너네 형도 연애박사 바람둥이잖아."

영득에게 마음을 툭 터놓고 모든 이야기를 털어놓았지만, 판근은 속 시원한 것 하나 없이 계속 우울하기만 했다. 밖에 나가 아이들과 어울려 노는 것도 새미없고, 누가 옆에서 말을 거는 것도 귀찮고, 좋아하는 동화책을 읽기도 싫었다. 그 어느 것도 판근을 다른 세상으로 이끌어줄 것 같지 않았다. 판근은 넋이 나간 사람처럼 하루 종일 선풍기 아래 누워 아무것도 하지 않고 지냈다. 그러는 사이 방학은 초강력 엔진이라도 단 듯 획획 잘도 지나갔고, 밀린 숙제는 잔뜩 쌓여만 갔다. 그래도 판근은 두렵지 않았다. 아무것도 하고 싶지 않은 마음이 두려움까지 모두 앗아간 듯했다. 두려움뿐만이 아니었다. 깊이도 연원도 알 수 없는 막연한 슬픔만 빼고 판근은 아무것도 느낄 수 없었다.

"아가, 어째 요 며칠 기운이 하나도 없어 뵈는구나. 어디 아픈 게냐?"

판근에게서 이상한 낌새를 챈 할머니가 걱정스러운 얼굴로 몇 번이나 물어봤지만, 판근은 그때마다 짧은 대답만 건성으로 내놓았다.

"아냐, 할머니."

"그런데 왜 그렇게 코를 석 자나 빠뜨리고 누워만 있는 게냐? 예전 같으면 살껍질이 홀랑 벗겨질 정도로 밖에서만 놀지 않았느냐? 영득이랑 싸운 게냐?"

"아냐, 그런 거."

"아픈 것도 아니고, 싸운 것도 아니면 대체 왜 그러는 게냐? 네가 자꾸 이러면 이 할미 억장이 무너진다."

"아무것도 아니니까 걱정 마, 할머니. 그냥 애들하고 놀기 싫어서 그래."

"애들하고 싸운 게로구나. 어떤 놈이냐, 어떤 놈이 귀한 내 강아지를 밖에 나가 놀지도 못하게 만든 것이냐? 이 할미한테 다 말해라. 내 당장 가서 혼구녕을 내줄 테니."

이쯤 되면 판근은 할머니가 자꾸만 묻는 것이 귀찮고 짜증 나서 저도 모르게 빽 소리를 지르게 되었다.

"아, 쫌, 할머니!"

그러면 할머니는 토라졌다. 토라져서는 괜히 더러워지지도 않은 방바닥을 걸레로 문질러 닦는 척하며 판근이 다 듣도록 혼자 구시렁댔다.

"내가 지금까지 저를 얼마나 애지중지했는데. 이래서 머리 검은 짐승한테는 마음을 주는 게 아녀."

아무것도 해결하지 못했는데 방학이 끝났다

 실망도, 의심도, 고민도, 한숨도, 우울도, 심지어는 방학 숙제마저 해결하지 못했는데 그만 방학이 끝나버리고 말았다. 그리고 판근의 목소리가 변했다. 목이 쉴 정도로 소리를 지른 적이 없는데, 목소리에서 쉭쉭 쇳소리가 났다. 판근은 요전날 할머니한테 소리 지른 것이 생각나 아주 잠깐 죄책감에 빠지기도 했으나, 아무리 생각해도 그 정도로 목이 쉬어버리진 않을 것 같았다. 어쨌거나. 판근은 목이 아주 쉬어버렸고, 그 소리가 듣기 싫어서 꼭 필요한 말이 아니면 말을 하지 않게 되었다.

할머니, 쟤 좀 이상해요

"야, 넌 왜 이렇게 늦게 오냐?"

판근네 집 마당에 쭈그려 앉아 괴발개발 낙서를 그리고 있던 영득은 저만치서 판근이 걸어오는 것이 보이자 낙서하던 막대기를 팽개치고 판근에게로 득달같이 내달았다.

"왜, 뭐."

귀찮은 기색을 숨기지도 않은 채 판근이 냉정하게 말하자 영득이 뾰로통해져서 판근을 흘겨보았다. 그러고는 변심한 애인을 비난하듯 투정을 부렸다.

"너 요즘 엄청 이상한 거 알아?"

"내가 뭘 어쨌길래?"

"맨날 너 혼자만 다니고, 나하고 놀지도 않고, 엄청 오랜만에 만난 건데 반가워하지도 않잖아."

"어떻게 하면 반가워하는 건데? 껴안고 뽀뽀라도 해줄

까?"

"징그러운 새끼, 누가 그러래?"

영득이 펄쩍 뛰며 판근에게서 한 발짝 물러섰다. 판근은 그런 영득을 보고 피식 웃었다. 그러고는 곧 영득을 달래듯 한마디 했다.

"요새 이 형님이 생각할 게 많다."

그러자 영득이 서운한 기색을 가득 담은 얼굴로 판근에게 한 발 다가서며 말했다.

"뭔진 모르겠지만 그 생각이란 거, 나하고 하면 안 되는 거냐? 예전에는 그랬잖아."

판근은 영득의 어깨에 손을 올리고 잔뜩 폼 잡은 말투로 얘기했다.

"넌 알아봤자 골만 아파."

"쳇, 내 생각은 퍽도 한다. 네가 그렇담 나도 이 얘긴 하지 말아야겠다."

"무슨 얘기?"

"있어 그런 게. 넌 몰라도 돼."

영득이 잔뜩 삐쳐서 어깃장을 놓았다.

"그래, 그럼."

판근이 무심하게 대꾸하자 영득은 풀이 죽었다.

"그래, 그럼. 잘 있어라, 나는 간다."

영득이 돌아서서 무거운 발걸음을 옮겼다. 마치 판근이 잡아주기를 기대하기라도 하는 듯 발을 질질 끌며 천천히 걸었다. 판근은 천천히 멀어져가는 영득을 그저 바라보기만 했다. 그러다가 큰소리로 영득을 불러 세웠다.

"영득아."

영득이 우뚝 멈춰 섰다. 그러나 뒤돌아보지는 않고 볼멘소리로 물었다.

"왜?"

"밥이나 먹고 가라."

"우리 집에도 밥 있다."

"그래도 먹고 가라."

영득이 돌아서서 판근을 노려보았다. 그 눈빛에 원망이 가득 서려있었다.

"나쁜 새끼!"

영득이 돌팔매질하듯 판근에게 말했다. 그러고는 판근이 서 있는 곳으로 다시 돌아와 또 한 번 말했다.

"나쁜 새끼. 넌 정말 나쁜 새끼야."

저녁상을 기다리는 동안 영득은 도저히 입이 근질거려

못 살겠다는 듯 계속 판근의 눈치를 살폈다. 영득은 자신과 판근 사이에 살얼음판이 놓여 있는 듯한 기분이 들었다. 뭔가 대단히 어색했다. 집으로 돌아가려는 영득을 굳이 불러다 놓은 판근은 마루에 꿔다 놓은 보릿자루 모양으로 앉아 있는 영득에게 아무 말도 걸지 않았다.

'정말 밥이나 먹고 가라는 건가?'

그렇다면 이대로 돌아가는 게 좋겠다고 생각했을 무렵 판근이 갑자기 생각난 듯 말을 걸었다.

"그런데 아까 하려던 얘기가 뭐였어?"

꼭 듣고 싶은 건 아니라는 듯 건성으로 묻는 것 같았지만 영득은 처음부터 하고 싶었던 말을 할 수 있는 이 순간을 놓치지 않고 재빨리 말꼬리를 잡았다.

"너 그 얘기 아직 못 들었구나."

"무슨 얘기를?"

"아까 동네가 발칵 뒤집혔었어."

"왜?"

"너 곧 중학생이 될 거라고 동네일에는 아주 관심이 없구나."

영득이 나무라는 투로 말하자 판근이 이 무슨 어이없는 말이냐는 듯 피식 헛웃음을 날렸.

"내가 중학생 되는 거랑 네가 하려는 얘기랑 무슨 상관인데? 대체 무슨 일인지 알고나 얘기하자."

"너 곧 중학생 된다고 나랑 놀지도 않고 맨날 그렇게 혼자서 늦게 돌아다니니까 아무것도 모르는 거 아냐."

"그게 그러니까 내가 중학생 되는 거랑 무슨 상관이 있냐고."

"너 지금 중학생 된다고 잘난 척하는 거잖아. 우리 형도 고등학교 가더니 나랑은 말도 안 했어. 나를 막 어린 애 취급하면서. 너도 중학생 된다고 나를 어리게 보는 거잖아. 그렇지만 잊지 마. 내가 너보다 학년은 한 학년 어려도 너랑 나이가 똑같다는 걸."

판근은 기가 막혔다. 요즈음 복잡한 생각에 빠져있느라 어떻게든 혼자만 있으려 한 건 사실이었다. 삐에르에게 크게 실망을 느낀 후 판근은 묘한 상실감에 내내 시달렸다. 서양의 왕자님같이 세련된 옷차림을 하고 교양 있는 사람들을 위한 음료를 마시는 삐에르를 우상으로 섬기면서 여태껏 자신이 꿈꾸어왔던 세계가 실은 쓸개 빠진 여자들이나 후리기 위한 거짓된 세계였음을 알게 된 판근은 세상이 온통 의심스러웠다. 이젠 자신이 무엇을 믿고, 무엇을 위해 어떻게 살아가야 할지 모르겠어서 판근은 무척 괴로웠다. 그랬기 때문에 혼자만의 시간이 절대적으로 필요했던 것이지, 곧 중학교에 갈 것이므로 잘난 척하기 위해서라거나 머리에 피도 안 마른 어린애라고 친구들을 무시해서 혼자 있으려 한 건 결코 아니었다. 판근은 정작 하라는 말은 하지 않고 되도 않는 말로 억지 주장만 펼치는 영득이 답답했지만, 어떻게 말해야 자신의 마음이 제대로 전달될지 모르겠어서 그것에 관해서는 입을 다물었다. 대신 영득의 주장은 모두 헛소리이니 더이상 듣지 않겠다고 선언하듯 영득에게 소리쳤다.

"시끄럽고, 무슨 일 때문에 동네가 발칵 뒤집힌 건지나 말해."

과녁을 찾아가는 화살처럼 판근이 정곡을 찌르자 영득은 그제야 제가 하려고 했던 말이 생각났다는 듯 판근에게 바짝 다가가 귀에 대고 빠르게 속삭였다.

"방죽에서 시체가 떠올랐어."

"또?"

"그래. 작년에 이어서 벌써 두 번째야. 그런데 이번에는 젊은 여자 시체래."

"젊은 여자라고?"

영득의 말을 들은 판근의 눈앞에 머리를 풀어헤치고 음

산하게 흐느끼는 처녀귀신이 떠올랐다. 그 귀신이 당장이라도 '내 다리 내놔' 하면서 달려들 것만 같았다. 판근은 오싹해져서 눈을 질끈 감았다. 그러고는 자신의 눈앞에 떠오른 귀신을 쫓아버리려는 듯 부르르 몸을 떨었다.

"그런데 더 이상한 게 있어."

판근이 눈을 뜨고 영득을 바라보며 물었다.

"이상한 거? 그게 뭔데?"

영득은 누가 들으면 큰일이라도 날 것처럼 여기저기 두리번거리며 뜸을 들였다. 그러더니 판근에게 가까이 오라는 손짓을 했다. 판근이 고개를 기울여 영득에게 바짝 다가가자 영득이 판근의 귀에 아주 낮게 속삭였다.

"그 여자 배가 뽈록 나와 있었대, 글쎄. 애를 밴 거지."

이때 부엌에서 밥상을 차려 든 엄마가 무거운 밥상을 들고 마루로 올라왔다. 그러고는 판근과 영득에게 차례로 말했다.

"판근아, 가서 할머니랑 아버지한테 진지 잡수시라고 해라. 영득아, 차린 건 별로 없지만 많이 먹어라."

판근은 마루 끝에 앉아 신발을 신으며 속으로 구시렁거렸다.

'엄마는 남들한테는 저렇게 친절하면서 나는 왜 못 잡아

먹어서 야단이람.'

그러고 있는데 영득과 엄마의 낯간지러운 대화가 판근의 귀에 날아들었다.

"저도 같이 갔다 올게요."

"그럴래? 아유, 영득이는 참 착하기도 하구나. 우리 판근이가 영득이 반만이라도 닮았으면 오죽 좋겠니."

"칭찬해주셔서 감사합니다. 그렇지만 판근이도 착해요."

"어쩜. 말하는 것도 참 어른스럽구나."

판근은 일어서며 토하는 시늉을 했다. 눈치 없는 영득은 엄마의 칭찬을 듣고 제대로 신이 났는지, 재빠르게 신발을 꿰어 신고는 이내 집 뒤의 텃밭으로 내달았다. 그러고는 마치 제 식구를 부르듯 크게 소리쳐 판근의 할머니와 아버지를 불렀다.

"할머니, 아저씨, 진지 잡수세요오!"

영득이 있어서였는지, 아니면 아이들이 들어서는 안 되는 얘기라고 생각해서였는지 저녁을 먹을 동안 방죽에 빠져 죽은 젊은 여자 얘기는 단 한 마디도 나오지 않았다. 대신 밥을 먹는 내내 영득이에 관한 칭찬이 계속 이어졌다. 먼저 엄마가 밥 먹는 영득을 흐뭇하게 바라보며 한마디 했다.

"아유, 영득이는 밥도 참 복스럽게 먹는구나."

그러자 아버지가 백 번 맞는 말이라는 듯 엄마의 말을 받았다.

"암, 남자란 자고로 먹는 게 저쯤은 되어야지."

그러더니 자기가 먹던 숟가락으로 판근의 이마를 탁 때렸다.

"푹푹 좀 퍼먹어라, 이놈아. 영득이 좀 봐라. 얼마나 잘 먹냐? 저렇게 잘 먹으니 보기엔 또 얼마나 좋으냐? 옆에서 보기만 해도 저절로 입맛이 도는구나."

판근은 마른하늘에 날벼락을 맞은 것 같아 기분이 몹시 나빴다. 그러나 할머니의 말을 듣고 이내 기분이 풀어졌는데, 그것은 칭찬인 듯 아닌 듯 영득을 은근히 깎아내리는 말이었다.

"영득이가 밥을 저렇게 잘 먹으니 금방 클 게다. 지금은 비록 키가 난쟁이 똥자루만 하지만 중학생이 되고 고등학생이 되면 쑥쑥 클 거여. 비 온 뒤에 죽순 자라듯이 훌쩍훌쩍 클 거라. 밥을 저렇게도 복스럽게 잘 먹으니."

영득은 정말 몰라서 그런 건지, 모르는 척하는 건지 자신을 흉본 할머니를 향해 씩 한번 웃더니 엄마에게 빈 밥그릇을 내밀며 당당히 말했다.

"아줌마, 한 그릇 더 주세요."

밥상을 물리고 판근과 영득은 머리를 맞대고 다시 쑥덕거리기 시작했다. 두꺼운 돋보기를 끼고 구멍 난 양말을 깁던 할머니가 돋보기 위로 눈을 치뜨고 영득을 향해 말했다.

"너는 밤이 이렇게 늦었는데 집에 안 가냐?"

영득이 한쪽 벽에 걸린 시계를 올려다보았다. 아직 9시도 되지 않았지만, 어린이가 마실을 가 있기에는 늦은 시간이었다. 영득은 시간이 벌써 이렇게 지났는지 몰랐다는 듯 뒷머리를 긁적이며 할머니에게 말했다.

"이제 갈 거예요. 그런데 할머니, 쟤 좀 이상해요."

영득의 말에 할머니가 돋보기를 벗어들고 그런 가당찮은 말은 생전 처음 들어보겠다는 듯한 어조로 따져 물었다.

"이렇게 멀쩡한 애를 두고 뭐가 어떻다는 게냐?"

"음...... 잘 모르겠어요. 그런데 좀 이상해요."

영득이 우물우물 말을 얼버무리자 할머니가 일갈했다.

"예끼! 제일 친한 친구라면서 그럼 못 쓴다. 예부터 붕우유신이라고 했다. 제일 친한 친구끼리는 서로 헐뜯지 말라는 말이다."

"그러니까요. 이건 헐뜯는 말이 아니라 제일 친한 친구라서 하는 말이에요. 하늘에 맹세할 수 있어요. 쟤는 좀 이상해졌는데, 그게 뭐냐면요, 음, 저기……, 아, 맞다. 전혀 어린이답지가 않아요."

다시, 빨간 달

 귀뚜라미 울음소리에 실려 가을이 왔다. 검고 길쭉한 씨앗을 매단 길 옆 코스모스 위로 붉은 고추잠자리가 날아와 앉았다. 무거워진 머리를 이고 누렇게 익은 벼들은 메마른 논바닥에서 농부의 낫이 지나가기를 기다렸다. 붉은 낯빛을 한 감들은 떫은 속살을 숨기고 담장 밖으로 고개를 내밀어 지나가는 사람들을 수줍게 훔쳐봤다. 초록의 손을 뻗어 허공을 부채질하던 높낮은 나무들은 시집가는 새악시의 화장한 얼굴같이 고운 빛으로 잎을 물들이기 시작했다. 땅 위로 푸른 이마를 내놓은 무들은 땅속에서 착실히 여물어갔고, 여름 내내 햇살에 달구어진 밤송이들은 가시 돋은 입을 쩍쩍 벌려 갈색으로 윤기 나는 밤알들을 바닥에 툭툭 뱉어냈다. 바야흐로 색色의 계절이었다.
 판근은 돌멩이를 툭툭 차며 색으로 물든 가을 속을 걸었다. 돌멩이가 짧은 호를 그리며 솟아올랐다 떨어질 때마다 앞으로 내뻗은 황톳길에 아주 작은 흠집이 났다. 판근은 급할 것 하나 없다는 태도로 느릿느릿 걸어가 잠시 허공을 비행했던 돌멩이를 툭 하고 걷어찼다. 돌멩이는 아무런 저항 없이 다시 짧은 호를 그리며 떠올랐다. 목소리가 이상해지면서부터 부쩍 말수가 줄어든 판근은 등굣길도 하굣길도 늘 혼자였다. 아이들이 따라붙어 참새처럼 짹짹거리는 게 귀찮아 제일 먼저 등교하고 제일 늦게 하교했다. 한 켤레의 고무신처럼 늘 붙어 다니던 영득이 조금은 그리울 때도 있었으나 이즈음 길 위의 판근은 언제나 혼자였다. 일부러 영득을 피한 것은 아니었으나 어쩌다 보니 그렇게 되었다. 저랑 놀아주지 않는 판근에게 삐쳤는지 영득도 이제는 판근을 찾아오지 않았다. 하지만 판근은 혼자여도 전혀 고독하지 않았다.

  해는 하늘에 붉은 물감을 잔뜩 엎질러놓고 서산으로 황급히 도망치고 있었다. 판근은 붉은빛으로 물든 하늘을 한 번 올려다본 뒤 지금껏 심심풀이 삼아 차고 왔던 돌멩이를 있는 힘껏 걷어찼다. 돌멩이는 커다란 호를 그리며 어느 집 논으로 날아갔다. 놀란 메뚜기들이 폴짝폴짝 뛰어올랐다. 판근은 가방끈을 바투 쥔 채 달리기 시작했다. 느닷없이 변덕을 부리는 판근을 나무라듯 길가의 코스모스들이 일제히 머리를 흔들었다.

 판근이 집에 다다를 즈음, 달이 떠오르기 시작했다. 마치 산이 붙들고 놓아주지 않기라도 하는 듯 동쪽 산등성이에 걸린 채 미처 다 빠져나오지 못한 달은 크고 붉었다. 판근은 못 볼 것이라도 본 양 고개를 돌리고 침을 퉤 뱉었다.
 어둠이 깃을 펴기 시작하는 마을 위로 기러기 떼가 날았다. 판근은 바지주머니에 손을 꽂고 마당 가에 서서 기러기 떼가 하늘을 가로질러 멀리 사라지는 것을 지켜보았다. 그 모양을 바라보면서 떠나는 것들은 왠지 다 슬픈 모양을 하고 있다고 생각했다. 판근은 무척 침울한 얼굴을 한 채 집으로 들어섰다.

 그날 밤, 판근은 이불을 깔고 누워 깊은 생각에 잠겼다. 붉게 떠오른 달과 빨간 달이 떠오를 때마다 죽은 사람들과 작년에 죽은 노인이 입었다는 빨간 팬티와 얼마 전에 죽은 젊은 여자의 불룩한 배와 삐에르의 속임수와 변해버린 자기 자신에 대해서 판근은 생각하고 또 생각했다. 그러나 생각하면 생각할수록 머릿속은 점점 더 복잡해지기만 했다.

판근은 천장을 뚫을 듯 깊고 무거운 한숨을 내쉬었다.

"아가, 잠이 안 오냐?"

판근의 옆에 누워 조금 전까지만 해도 코를 드렁드렁 골던 할머니가 판근의 한숨 내쉬는 소리를 민감하게 알아채고는 판근의 가슴에 손을 올리고 토닥이며 물었다. 판근은 할머니 쪽으로 돌아누워 할머니의 품을 파고들었다. 할머니에게서 할머니 냄새가 났다. 판근은 그 냄새가 좋아서 눈물이 날 것 같았다.

"할머니. 사는 건 뭐고, 죽는 건 또 뭘까? 왜 어떤 사람은 착하게 사는데도 물에 빠져 죽고, 또 어떤 사람은 나쁘게 사는데도 아무렇지 않은 걸까? 정말 착하게 살면 복이 오긴 오는 걸까? 천당과 지옥이 진짜로 있어서 나쁜 사람은 나중에라도 벌을 받을까?"

할머니의 품에 안긴 판근이 울먹이며 말했다. 할머니는 판근을 안은 팔에 힘을 주어 판근을 더욱 꼭 껴안았다.

"내 강아지가 어째 그런 걸 다 묻누?"

판근은 아무 대답 없이 할머니의 품속을 더 깊게 파고들었다. 그리고는 숨을 들이마셔 할머니의 냄새를 맡았다. 할머니의 품속은 따뜻하고, 할머니 냄새는 좋았지만 판근의 마음은 계속 이상했다. 마치 마음속에 작은 악마가 살고 있어서 판근의 마음 여기저기를 쑤석거리며 돌아다니는 것 같았다.

"할머니, 저번에 방죽에 빠져 죽은 여자 있잖아. 혹시 누군지 알아?"

판근이 할머니의 품속을 살짝 빠져나오며 묻자 할머니가 잠꼬대처럼 중얼거리는 목소리로 대답했다.

"내가 그걸 어찌 아누. 이 동네 사람은 아니라고 하더라."

"할머니, 그 여자, 어쩐지 내가 아는 여자인 것 같아."

"뭐? 네가 그 처자를 안다고? 네가 그 처자를 어찌 아누? 그 처자는 읍내 다방에서, 저 거시기 뭣이냐……."

"웃음을 파는 여자라고? 몸도 팔고?"

"에구, 어찌 어린 입에서 그런 험한 말이 다 나오누?"

판근을 껴안고 있던 할머니의 팔이 긴장으로 굳어지는 게 느껴졌다. 순간 판근은 직감했다. 방죽에 빠져 죽은 그 여자는 판근이 언젠가 본 적이 있는 여자이고, 그 언젠가란 판근이 처음으로 삐에르에게 실망을 느낀 날이며, 아마 모르긴 몰라도 이 일은 삐에르와 깊은 관련이 있을 거라는 걸. 아이들의 입에서 입으로 유령처럼 떠돌던 소문이 그저 황당하기만 한 것은 아니라는 확신이 들었다. 그러자 판근의 마음이 무겁게 가라앉으며 낮게 한숨이 나왔다.

"나도 이젠 알 건 다 알아. 할머니, 그런데 그 여자, 애를 배고 있었대."

"그런 소리는 또 어디서 들었누?"

"소문이 다 났어. 우리 학교 애들도 다 알아."

"쯧쯧, 사람들이 괜히 어린 애 듣는 데서 쓸데없는 말들을 했구나."

"할머니, 나는 이 세상이 너무 무서워. 빨간 달이 뜰 때마다 착한 사람들이 자꾸 죽으니까 너무 무서워."

"내 강아지가 겁을 먹은 게로구나. 하지만 괜찮다, 아가. 괜찮아. 너한테는 이 할미가 있지 않으냐? 이 할미가 죽어서라도 너를 꼭 지켜줄 테니 너는 아무 걱정 말아라."

"싫어, 할머니. 할머니는 죽지 마. 빨간 달이 백 번 떠도 할머니는 절대로 죽지 마."

판근이 할머니의 품속에서 빠져나와 벌떡 일어나 앉으며 소리쳤다. 할머니는 그런 판근을 지그시 바라보며 누운 채 팔을 벌렸다. 판근은 벌떡 일으켰던 몸을 다시 누이며 할머니의 품에 안겼다. 할머니는 판근을 안고서 판근의 등을 가만가만 토닥였다.

"이 세상에 안 죽는 사람은 없느니라. 다만 사람들이 그걸 자꾸 잊어버릴 뿐이지. 그래서 살아가는 동안 어떻게 살아야 하는지도 자꾸 잊어버리는 게야."

"나도 그걸 잊어버려서 어떻게 살아가야 할지 모르겠는 걸까? 그래서 빨간 달이 뜨고 사람들이 죽을 때마다 자꾸만 이 세상이 무서워지는 걸까? 생각해보면 죽은 사람들은 아무 잘못이 없잖아. 진짜 나쁜 사람은 따로 있는데. 할머니, 나는 빨간 달이 다시는 안 떴으면 좋겠어."

판근의 눈앞에 노인이 입고 죽은 빨간 팬티가 떠올랐다. 애를 밴 채 죽은 여자의 웃는 입술이 어둠 속에서 빨갛게 벌어졌다. 물살을 헤치고 유유히 헤엄치는 삐에르의 등으로 한여름의 햇살이 빨갛게 부서졌다. 붉은 달이 떠오르고, 거짓말처럼 세상이 새빨갛게 물들어갔다. 빨갛게 변한 세상 속에서 귀신이 둔갑하듯 자신의 모습이 자꾸자꾸 변해갔다. 판근은 그 모든 것이 무섭기도 하고 슬프기도 했다. 그 마음을 위로하듯 할머니의 목소리가 다가와 판근을 살살 어루만졌다.

"아가, 빨간 달이 떠서 사람이 죽는 건 아니란다. 사람은 언제 어디서나 죽을 수 있지. 빨간 달이 뜰 때도, 누런 달이 뜰 때도, 달이 아주 안 뜰 때도 사람은 죽는단다. 사람들이 죽는 걸 너무 두려워해서 그렇지 어쩌면 죽는 건 아무것도 아닌 건지도 몰라. 그저 눈 감고 이세상에서 저세상으로 건너가는 것뿐일지도 모르지. 저세상이라고 이세상과 뭐가 그리 다르겠느냐? 어차피 죽으면 우리 모두 저세상에서 다시 만나게 될 걸. 그러니까 너무 무서워하지 마라. 그나저나 내 강아지가 그런 생각을 다 하는 걸 보니 이제 어른이 되어가는 게로구나."

새로운 시작

 삐에르가 사라졌다. 그리고 런던라사도 문을 닫았다. 삐에르가 사라진 경위에 대해서 이러쿵저러쿵 말들이 많았지만, 그것들은 모두 소문일 뿐이었다. 시작도 끝도 없는 황당한 이야기들. 그 이야기들 속에는 이런 것도 있었다.

 빨간 달이 뜬 어느 날 무엇인가에 홀려 방죽으로 간 삐에르가 술주정뱅이 이태백이처럼 물 위에 비친 달을 보고 갑자기 방죽으로 걸어 들어갔다는 것이었다. 그런데 알고 보니 삐에르가 물속으로 걸어 들어간 진짜 이유는 애를 밴 여자가 달처럼 웃으며 계속해서 삐에르를 불렀기 때문이라고 했다. 여자가 부르는 소리를 따라 물속으로 걸어 들어간 삐에르는 여자와 함께 여자의 배처럼 둥근 달을 안고 물밑으로 가라앉았기 때문에 아직까지 떠오르지 못하는 거라고도 했다. 그래서 밤이면 밤마다 세련된 옷차림을 한 삐에르가 물밑에서 껑껑 우는 소리가 들려온다고 사람들은 말했다.

런던라사는 한동안 버려져 있다가 '조랑말'이라는 신발가게가 되었다. 중학생이 된 판근은 이 신발가게에서 산 새 운동화를 신고 조랑말처럼 뛰어다녔다. 말을 할 때마다 여전히 목에서는 듣기 싫은 쇳소리가 쉭쉭 났지만, 이제 그런 것에 신경 쓰지 않았다. 듣기 싫은 그 소리도 자꾸 듣다 보니 원래 제 목소리였던 듯 아무렇지 않게 느껴졌다.

"이쪽으로 차!"

판근이 찢어지는 목소리로 자기 진영에서 공을 잡은 수비수를 향해 외쳤다. 축구공이 날아올랐다. 판근이 달려가 발로 공을 잡아 막 드리블을 하려는 순간, 판근은 마치 얼음조각이라도 된 양 그 자리에 얼어붙고 말았다. 조선 최고의 미녀 복순이 누나처럼 예쁜 여학생 하나가 운동장 저 끝으로부터 판근의 가슴속으로 사뿐사뿐 걸어 들어왔기 때문이었다. 판근의 얼굴이, 판근의 마음이 온통 새빨간 빛으로 물들어갔다.

런던라사 삐에르의 세련된 옷차림

2024년 9월 25일 초판 1쇄 발행

지은이 박혜지
펴낸이 유정환
펴낸곳 도서출판 고두미
　　　　등록 2001년 5월 22일(제2001-000011호)
　　　　충북 청주시 상당구 꽃산서로8번길 90
　　　　Tel. 043-257-2224 / Fax. 070-7016-0823
　　　　E-mail. godumi@naver.com

ⓒ박혜지, 2024
ISBN 979-11-91306-63-7   03810

※ 이 책은 충청북도, 충북문화재단의 후원을 받아 예술창작활동 지원사업의 일환으로 발간되었습니다.
※ 책값은 뒤표지에 표시하였습니다.
※ 잘못 된 책은 구입한 곳에서 바꾸어 드립니다.